阅读即行动

Richard Brautigan

梦回巴比伦

一部1942年的私家侦探小说

Dreaming of Babylon:

A Private eye novel 1942

[美] 理查德 · 布劳提根 著　　周苑 译

北京联合出版公司
Beijing United Publishing Co.,Ltd.

这是理查德献给海伦·布莱恩的爱。

我永远都成为不了一位优秀的私家侦探，我猜其中一个原因是我花了太多时间梦回巴比伦了。

目录

好消息，坏消息

1942 年 1 月 2 日这天，有一些好消息和一些坏消息。

首先是好消息：我得知我在 4F[①] 之列，不会参加第二次世界大战，成为一个兵小子。我也完全没有负担，或感觉自己不爱国，因为五年前在西班牙我已经打过我的“二战”，现在屁股上的那几个弹孔儿，可以证明这件事。

我永远也搞不明白我的屁股是怎么挨的枪子儿。无论如何，挨的这几枪够讲一个不怎么样的战

① 美国兵役制度中的 4F 级，指不适合服兵役的人。——译者注(后文不作特殊说明皆为译者注。)

争故事。当你告诉人们你的屁股上挨了几枪时，他们并不会仰视你为一位英雄。他们不太会把你当回事儿，对此我也完全无所谓。这场为了我之外的这些美国人而发起的战争已不再跟我有关系。

现在说坏消息。我的枪已经不剩一颗子弹了。我还接手了一个需要枪里有弹药的案子，然而我的子弹全用光了。那天晚些时候我去见客户，这是我们头一次会面，客户希望我能带着枪去。我很清楚，带一把空枪显然不是他们期待的。

我该怎么办呢？

我的名字一钱不值，更别提我的职业名声在旧金山的分量了。9 月份，我被迫失去了办公室，虽然那个房间每个月只需要八块钱，现如今我只能想办法在我诺布山的住所办公了。我的办公电话是这栋廉价公寓的大厅门口的投币电话，而这里的房租我已经有两个月交不上了。即使每月仅需三十块钱，我也付不起。

对我来说，比起日本人，我的包租婆是更大的威胁。人人都在等待着日本人出现在旧金山街头，占领有轨电车,沿山路上上下下。请相信我,到那时,我一定会带上一个师的人马去对付我的包租婆。

“我的房租呢,你他妈的落魄鬼!”她会在楼上楼梯口她的房间的位置冲我嚷。她永远都穿着一件松垮的浴袍,浴袍下面包裹的那具身躯,定能在“大砖头杯选美大赛”上拔得头筹。

“这个国家都已经在打仗了,你他妈连房租都不付!”

比起她的大嗓门,珍珠港事件听起来只是首摇篮曲。

“明天一定。”我跟她编瞎话。

“最晚明天!”她朝我吼回来。

她应该是六十上下的岁数,结过五次婚,丧了五次夫:这老不死的真走运。她就是因此拥有了这栋公寓楼——几个男人中的一个把楼留给了她。在一个雨夜,上帝助了他一臂之力,让他的车抛锚在了默塞德郊外的火车道上。他曾经是个流窜推销员:卖刷子的。他的车被货车撞毁之后,在场的人已经分辨不出哪些是他、哪些是刷子了。我估计，他们还把一些刷子和他一起塞进了棺材。在他们看来，那也是他的一部分。

在我还按时交房租的日子，当然那已是老皇历了，那女人对我还是十分友好的。她会邀请我去她房间喝杯咖啡，再来点儿甜甜圈。她很喜欢跟我聊她那些死去的丈夫，尤其是曾是个水管工的那位。她乐于谈起那个男人有多擅长修理热水器。而其他的四位前夫总是被她囫囵略过。给人的感觉是，整体上，她的婚姻生活就像是在浑浊的水族箱里度过的。就算是被火车撞死了，那位前夫也没能赢得她更多的身后评价，但对于那位会修热水器的前夫，她真是滔滔不绝。我估计，那男人真的挺会修热水器的。

她冲的咖啡总是很稀，甜甜圈也都轻微变味儿了，因为她会去几个街区外的加利福尼亚街的一家面包店，买隔夜特价货。

我时不时会陪她喝会儿咖啡，反正我也没太多事儿可忙。那时候的日子和现在一样过得稀稀拉拉，当然现在我接到案子了。不过那时候我身上还有一小笔积蓄，那是我遭遇了一次交通事故庭外和解获得的。因此那时候我还付得起房租，不过咖啡我已经有好几个月不买了。

在1941年的4月份，我不得不停止请秘书了。我是非常不情愿的。我花了整整五个月的时间，才把她搞上床。她对我挺友好，但是我几乎连上一垒都很难。我俩在办公室里亲过嘴，不过也就这样了。

我辞退她以后再找她，她就让我滚远点儿。

在一个夜晚，我给她打电话，她从电话那头抛过来的诀别狠话是这样的："……不光是吻技太烂，你侦探当得也烂透了。你应该试试别的行当。当个门童之类的，你再合适不过了。"

吧嗒！

啊，行吧……

她的屁股很丰满。当初我雇她，因为只有她愿意接受我这里的工作，我开出的工资在唐人街这一带算是最低标准的薪资了。

7月份的时候，我把我的车卖掉了。

就是这样子，现在我的枪里一颗子弹也没有了，也没钱买，业务上没有成绩，家里也没有什么能拿去当的了。我就这么坐着，在旧金山莱文沃思街，我廉价的小公寓里，琢磨这些事，突然饥饿开始折腾我的胃，那应该是乔·路易斯①在折腾。三个漂亮的右勾拳打在我的肚子上，我起身往冰箱走去。

这是个重大错误。

朝冰箱里看了看，我就赶紧把门关上了，那里面的丛林，枝蔓密布，险些伸展到外头来了。我不能想象，如果是换一个人，这样子要怎么活下去。由于我的房间实在太脏了，于是我把房间里所有的七十五瓦灯泡都换成了二十五瓦的，这样我就看不太清了。这么做其实挺奢侈的，但我也只有这样才过得下去。好在这房间没窗户，要不然我真是愁

---

① 乔·路易斯(Joe Louis)，外号“褐色轰炸机”，是一位职业重量级拳手，被认为是历史上最伟大的重量级拳手之一。

死了。

我这间屋子实在是太昏暗了，它看起来就像是一间屋子的影子。我也思考过我的生活是否一直是这样的。我的意思是，我应该也有一位母亲，有这么一个人，一个喊我收拾房间、打理好自己、该换袜子了什么的这么一个人。我也确实有母亲，但估计我小时候在这方面是个迟顿的孩子，就没学会。一定有什么原因。

我站在冰箱旁边琢磨着接下来该如何是好，然后想到了一个妙计。我有什么好怕的呢？我根本买不起子弹，肚子还饿。我得弄点儿东西吃。

我爬上楼梯，来到我的包租婆房间门口。

按响了门铃。

谁来找她都有可能，最不可能的就是我了。我要是条泥鳅，她就是永远在捞我的诅咒之网。这一个月来，我千方百计地躲她还躲不及呢。

她开门看到我的时候，简直无法相信站在门口的人居然是我，样子看起来像是被门把手给电了，完全讲不出话来。我赶紧占个先机。

“尤里卡![1]”我朝她大喊道,“我可以付房租了!我能把整栋楼买下来!你出个价吧!两万美元,现金付!我的船马上就到港了!油!有油了!”

她充满了疑惑,把我唤进她房里,朝一把椅子指了指,让我坐在上面。她依旧一言不发。我认真地胡说起来,自己都不知道自己在说些什么鬼话。

我走进了房间。

“油!有油啦!”我继续叫嚷着,然后开始用身体做出像是油从地上涌出来的动作。我在她面前变成了一口人形油井。

我坐下了。

她在我对面坐下了。

她的双唇依旧紧封如漆了胶。

“我有个叔叔在罗得岛[2]发现了石油!”我朝她

① 尤里卡源自希腊语 εΰρηκα,意为“我发现了”“我找到了”,用以表达发现某个事物、某个真相时的感叹词,出自阿基米德发现浮力原理的典故。

② Rhode Island,罗得岛州,美国面积最小的一个州,是美国东北部新英格兰的一部分。

大喊着。“他分我一半。我发了。两万块现金，我买了，这坨你叫它公寓楼的屎！两万五吧！”我叫喊着，“我要跟你结婚，然后生一大窝小公寓崽子！我要把我们的结婚证印在客满的招牌上！”

这着儿奏效了。

她信了。

五分钟后，我手里捧着一杯很稀的咖啡，嘴里嚼着一个变了味儿的甜甜圈，听着她跟我说她有多么替我开心。我跟她说等下周第一批石油开采地使用费到位了，第一批油差不多价值上百万，我就会从她手里把公寓楼买下来。

当我离开她的房间的时候，饥饿缓解了，下个星期的住处也有着落了，她握着我的手说道：“你是个好小伙儿。罗得岛的好油。”

“没错，就是它了，”我说，“靠近哈特福德。”

我本来还想问她要五块钱，好能给我的枪买点儿子弹，但我一想井已自流，就再别打了。

哈哈。

能明白我这个哏儿吗？

巴比伦

哎呀，当我走下楼梯回我自己房间的时候，我就开始梦回巴比伦了。事情马上就要有转机了，这种时候我是不能发巴比伦之梦的。一旦我开始进入巴比伦之梦，不知不觉几个小时可能就转瞬即逝了。

我可能只是在我的房间里坐一会儿然后突然就到了半夜，神志险些飘得太远无法拉回来，这时候要紧的应该是把空弹匣装满。

这种时候我最不应该做的事，就是梦回巴比伦了。

我得把巴比伦抛在脑后一阵子，至少要能撑到我搞到子弹再说。为此，我英勇地顺着公寓那破败霉朽、泛着一股棺材味道的楼梯走下去，一番壮烈好能将巴比伦拒于身外。

有惊无险，几秒钟僵持后，巴比伦浮向空中，消失在阴影里了，我脱身了。

我感到一丝忧伤。

我不希望巴比伦离开。

俄克拉荷马

回到我的房间，拿上我的枪。哪天还是应该清理一下这玩意儿的，我想了想，把它装进了我的大衣口袋。我还应该给它配一个腋下枪套。那样会显得比较有样儿，而且说不定还能接到更多的案子。

我出了房间正要奔向旧金山街头，去想辙搞些子弹，这时我的包租婆站在楼梯的另一头，她在等我。

老天爷，我心想，她应该是反应过来了。我做好准备迎接她的连篇咒骂轰炸我的耳朵，将我的生活再次拖回地狱，但什么也没发生。她就在那儿干站着，望着我脸上僵住的微笑走了出去。

就在我拉开楼门的时候，她开腔了，几乎是在发嗲。“为什么不在俄克拉荷马挖油井呢？”她说道，“俄克拉荷马有很多石油。”

“离得州太近了，”我说道，“那里的高速公路下面都是咸水在流动。”

这句话堵住了她的嘴。

她没有继续回话。

她看起来像掉进了仙境的爱丽丝。

仙人掌大雾

我到处找也找不到哪里能搞点儿子弹，于是决定去一趟那个总是有子弹的地方：警察局。

我朝着科尔尼街的司法厅走去。我在那里认识一位探员，我俩曾经是不错的朋友，不知道我们的交情够不够他借我一些子弹。

说不定我能先跟他借到六颗子弹，然后再去见我的客户，见到客户就能搞到预付款了。我跟他们约了在鲍威尔街的一家广播电台门口见面。现在是下午两点，我还有四个小时用来搞到子弹。对于我的客户是谁，抑或他们找我想要做什么，我都一无所知。只知道我需要在六点钟出现在广播电台门口，然后他们会告诉我接下来要做的事情，以及我得跟他们要一笔预付款。

然后我会拿出几块钱先给我的包租婆，跟她说，押运我那几百万块钱的装甲车在亚利桑那州凤凰城附近遭遇了一场仙人掌大雾，失联了。但是她不需要为此担心，因为这场大雾据说这几天就会散去，届时这笔钱会重回正轨的。

如果她问起仙人掌大雾是什么，我会告诉她，那是大雾中最糟糕的一种，整个大雾长满了尖利的毛刺。这导致在大雾中穿行，成了一件非常危险的事情。这种情况下最好原地不动，静待大雾散去。

几百万块钱正等着穿过一片大雾。

我的女朋友

我很快徒步到达了司法厅。我已经习惯了在旧金山的街上健步如飞。

1941年那会儿我还有辆车，如今一年过去了，一切交通全靠我这双脚。生活总是有起有落。此时，我的人生所处的位置，唯有向上走。此刻，比我的位置还低的只剩下死人了。

那天，旧金山刮着冷风，但我十分享受从诺布山走向司法厅的这段路。

当我快到唐人街的时候，巴比伦开始出现在我的思绪中，不过我很及时地切换了脑内的天幕。我看见一些华人小孩在街上玩耍，试图分辨出他们到底在玩什么游戏，借助着将注意力放在孩子们身上，我才得以躲过巴比伦像一列货运列车一样碾过我。

每当我要开始做一些该做的事，同时巴比伦突然出现占据我的时候，我会努力专注于任何可以将它赶走的事物。做到这件事一直都非常难，因为我真的非常想梦游到巴比伦，在那里，有我美丽的女朋友。虽然有些难以启齿，但我还是要说，她比所有真实的女孩都美好。我一向期盼能真的遇到一位姑娘，能像我在巴比伦遇到的朋友那样，对我充满兴趣。

我不知道。

也许会有那一天吧。

也许永远也不会有。

林克警长

琢磨完了华人小孩的游戏后，我又开始琢磨我的这位警探朋友，好让我不去想巴比伦。他的警衔是警长，名字叫作林克。他是个非常硬派的“条子”。我认为，他应当是世界最硬记录的保持者。他扇耳光，能轻易地在人脸上留下清晰的一个大手印，就像是给人烙了个暂时的标签似的。如果那之后，对方还没有学会做到非常地配合，那么耳光只能算是林克警长送给他的“友好”的开场白。

我和林克相识，是在 1936 年的时候，当时我们都想进入警局系统。我想当警察来着。那时候，我们是很好的朋友。这会儿我们本可以是同事的，说不定一起搭档侦破命案什么的，如果当初我能通过终极考试的话。其实，我的成绩差点儿就过线了，我只差五分就能成为一名警察了。

全都是梦回巴比伦这事给闹的。我本也可以成为一名优秀警察的。要是我能控制住，不要总梦回巴比伦该多好。巴比伦照亮了我的人生，与此同时也下了咒。

考试的最后二十道题我都没答，这就是我没考上的原因。周围的其他人都把题答完了然后成了警察，而我当时坐在那里进入了巴比伦之梦。

司法厅

我从没真正在意过这座司法厅的模样。它很大，阴森森如一座墓穴的模样，大厅里面总有一股大理石发霉的味道。

我不知道。

也可能那是我的味道。

很有可能。

有趣的一点是，这座司法厅我至少已经来过一两百次了。每当身处其中的时候，我都不会想起巴比伦，因此这地方对我也算有些不错的效果。

搭电梯来到四层，看见我这位警探朋友正坐在重案科他的办公桌前。我的朋友一如他往常的形象：一位对处理谋杀案件情有独钟的非常硬派的

"条子"。对他来说,唯一比一桩足料多汁的凶杀案更有趣的,就只有洋葱焖炖西冷牛排了。他年近三十,硬朗得像一辆道奇皮卡。

我第一眼注意到的便是他腋下的枪套,那里面舒适地躺着一把漂亮的点 38 警署专配手枪。更确切地说,吸引我注意力的是那里头装着的子弹。我真希望那六颗子弹都能归我,如果能给我三颗,我也没什么意见。

林克警长当时正在仔细地端详一把开信刀。

他抬起头。

"满眼的疲惫啊。"他说。

"你拿把开信刀要做什么?"我问道,将话题矛头转向他,"要知道,阅读并不是你的长项之一。"

"你还在卖不雅照吗?"他微笑着说,"蒂华纳(墨西哥西北部城市)的风流事,一些偷情狗男女?"

"早没了,"我说,"管我要照片的警察太多了,我的存货都被他们买光了。"

那是 1940 年,金银岛搞了世界博览会,有好一阵子,私家侦探这个行当都不太好做生意。为了贴补收入，我曾卖过一些“艺术”照片给游客。

林克警长总喜欢拿这个事儿开我的玩笑。

我这一生中有很多不光彩的事情，其中最不光彩的，莫过于当下我是这般贫穷。

“这是一起谋杀案的凶器。”林克说着，把开信刀放在写字台上，“今天早上，它还插在一个妓女的后背上。毫无头绪。仅有的线索是她的尸体当时躺在门廊里，以及这个东西。”

“凶手有点儿糊涂啊，”我说，“该有人带他去趟文具店，给他讲讲如何区分一个信封和一个婊子。”

“你小子。”林克边说边摇头。

他重新拿起那把开信刀。

他把那东西拿在手里，慢慢地翻来倒去。而观看他把玩一件谋杀凶器，并不能帮助我给我的手枪塞满子弹。

“你有什么事儿吗？”他依旧盯着那把开信刀问道，根本不正眼瞧我，“你也知道我最多也就是那一回欠你那一块钱，也就到此为止了。你有什么事儿找我啊？我能帮你的，最多也就是给你指条路，到金门大桥，告诉你一些如何从那里跳下去的基本步骤。醒醒吧，放弃你那个要当私家侦探的蠢念头，找点儿正经事赚钱吧，别再烦我了。外头正打仗呢。是人他们就招。你说你干点儿什么不好。”

“我需要你的帮助。”我说。

“他妈的。”他说着，总算抬起眼来。他放下开信刀，伸进衣服口袋掏出一把零钱来，仔细地选出两枚二十五美分币、两枚十分币和一枚五分币。他把它们摆放在写字台上，然后推到我面前。

“就这么多，”他说，“去年你还价值五块钱，然后呢，跌到了一块钱。现在你就值七毛五了。找工作去啊。看在上帝的分儿上。那么多工作，总有一件是你能做的吧。我只知道一件事情是你做不了的：当侦探。连穿袜子都只穿了一只，愿意找你查案子的人，也不会很多。满打满算，超不出一只手。”

我本来还侥幸林克不会发现的，他果然还是发现了。清早穿衣服的时候，我的思绪都在巴比伦呢，根本没注意到自己只穿了一只袜子就出门了，都走到司法厅门口了我才发现。

我本想跟林克说，其实我没想要他的七毛五分钱，虽然事实上我也需要，而我原本来的目的是给我的枪弄些子弹。

我得根据实际情况调整预期。

毕竟条件有限。

我可以收下这七毛五分钱，迎头而上，或者我也可以告诉他：你错了，我不是来要钱的。我想要点儿子弹。

如果我拿了他的七毛五分钱，然后再跟他提出要子弹的事情，他可能真会奓毛。我得十分小心地措辞，正如我前面介绍的：这个人是我的朋友。所以也可想见，对方如果是个不喜欢我的人，那得成什么样子。

我看着他写字台上的那七毛五分硬币。

想起来我还认识一个住在北滩的小混混儿。据我回忆，他以前是有把枪的。说不定他现在还有，说不定我能跟他要到几颗子弹。

我拿了那七毛五分钱。

“谢谢你。”我说。

林克叹了口气。

“抬屁股给我走人，”他说，“下次我再见到你这个人，我希望看见的是一个有工作的人站在这里，迫不及待地要把八十三块七毛五分钱还给他的老朋友林克。如果那时候我看到的你，还是现在这副模样，我会把你当成盲流收容了，然后把你关上三十天。支棱起来，快他妈从这里消失。”

我就不打扰他继续把玩开信刀了。

说不定那玩意儿能提供给他一些灵感，帮助他侦破卖淫女被害案。

也说不定，一会儿看着看着他拿起那把开信刀，捅到自己屁眼里。

阿道夫·希特勒

离开司法厅,我就奔北滩而去。我认识一个少年犯住在电报山,不知道能不能从他那里搞到点儿子弹。

他住的公寓位于格林街。

非常走运的是,这个小混混儿没在家,是他妈妈开的门。这之前我没见过他妈妈,但我知道那应该是他妈,因为他曾经常提起。她瞟了我一眼,然后说:“他改邪归正了。你走吧。他现在是好孩子了。到其他地方找同伙儿溜门撬锁去。”

“你在说什么?”我说。

“你知道我在说什么,”她说,“他不想和你这种人再有什么关系了。他现在是去教堂的人了。会参加六点钟的弥撒。”

她是个约莫六十岁、有点上年纪的意大利女人，身上系着一条白围裙。我认为她是把我误会成另一种人了。

“他已经入伍了，”她说，“他可以的，你懂的。他以前并没干过什么真正的坏事。都是些小偷小摸。都是你这种家伙把他带坏的。他会打倒阿道夫·希特勒的。给那个婊子养的上上课。”

说着，她已经在关门了。

“你赶紧给我走人！”她嚷道，“去当兵！做个有用的人！永远都为时不晚！征兵办现在就开着门呢！你只要没进过大牢，他们都会收！”

“我觉得你误会我是谁了。我是个私家——”

咣！

这很显然是个误会。

棒极了。

她以为我是个混混儿。

我来这儿本来只是想借几颗子弹。

黄芥末酱

依然没搞到一颗子弹,我的饥饿感又出现了。从我的包租婆那里蹭来的变质甜甜圈提供的营养迅速地成为过去,早已不再。

我进了一家位于哥伦布大道的意式小熟食店,要了一份法式短面包,里面夹的是三明治。三明治里夹的瑞士奶酪和萨拉米香肠,再配上大量的黄芥末酱。

我就喜欢这吃法:很多很多的黄芥末酱。

这些东西从我那七毛五分钱里,损耗了四毛五分钱。

我现在是一名三毛钱的私家侦探了。

给我做三明治的这个意大利老头长相十分有

趣。其实也没特别有趣，是我又开始神游巴比伦了，所以他就看起来变好笑了。我上一个案子，还是在 1941 年 10 月 13 日，一直到今天，如果我现在想赚到这笔钱，这会儿神游怕是承受不起的。

老天哪，真是旱季漫长！

上一个案子是个离婚案。

一个三百磅重的丈夫想从他三百磅重的老婆身上捞到好处。他怀疑她在外头有人，她也确实是在鬼混：是跟一个三百磅重的摩托车机修工。大概就是这样。每个星期三的下午，她都会去车行找他，然后他会在一辆车的前机器盖上操她。我拍到了一些绝佳的照片。那还是我把相机当掉之前的事。我从一辆别克后面跳出来狂按快门，你真该看看当时他们脸上的表情。他从她身上拔走的一瞬间，她立刻滚到地上，发出了一部电梯跌落到一头大象身上的动静。

“再往上加点儿黄芥末酱。”我说。

“你一定是很喜欢黄芥末酱，”意大利老头说，“你应该呀，点呀，纯黄芥末酱三明治。”（刻意强调的意式英语发音)他这么讲的时候带着笑。

“你的下一位客人可能不要黄芥末酱呢,”我说,“他可能是个厌恶黄芥末酱的人。受不了那个味道。”

“但愿呀,如此,”他说,“这样下去呀,我生意做不下去了。不卖三明治啦。”

如果鲁道夫·瓦伦蒂诺[①]是个会做三明治,还会抱怨别人点三明治的时候黄芥末酱要得太多的意大利老头,他就是鲁道夫本人了。

喜爱黄芥末酱又有什么过错呢?

---

① 鲁道夫·瓦伦蒂诺(Randolph Valentino),默片时代著名意大利裔影星。他的名字被视为一个时代的性感符号。

贝拉·卢戈西[①]

我吃着我的三明治，折返回哥伦布大道，朝停尸房走去。我想起还有这么一个地方，我也许可以找到子弹。这事成功率很小，不过近些日子我做的所有尝试，成功的概率一个比一个小。早起先去撒泡尿，能不把半个膀胱的尿量撒自己脚上的概率是1比50，现在你能懂我说的意思了吧。

我有个在停尸房上班的朋友。他的办公桌里总会放一把枪。刚认识这个家伙的时候，我觉得这件事挺奇怪的。我是说，在一个塞满死尸的地方，

① 贝拉·卢戈西（Bela Lugosi），匈牙利裔美籍演员，以1931年在电影《德古拉》中扮演德古拉而知名。

拿把枪能他妈的有什么用呢？贝拉·卢戈西要协同他的朋友们，比如伊戈尔，突然闯进这里偷走几具僵尸然后让它们复活，这种可能性微乎其微。

有一天，我向这位朋友问起了枪的缘由。

几分钟过去后，他什么也没回答。

他还真思考上了。

“有一天，他们运过来一个死了的斧头杀人犯。”他终于开腔了，“得是什么狠人，才会在自己的地下室组织了二十年的周末夜纸牌游戏局上，把所有来参与的人都斩首了，然后被警察击毙了呢？警察将八颗子弹射进他身体的时候，他正举着斧子在街上乱跑。警察将他运到这里的时候，他看起来已经死透了，但是似乎并非如此。我正把他往冰柜里塞呢，这家伙突然坐起来了，徒手要把我的脑袋劈开。他以为自己手里还握着斧头。我抄起解剖托盘朝他脑袋拍，这下他才消停下来。我把警察找来，这时候他是真的死透了。

“这也导致事态显得十分尴尬，因为他们并不相信我说的。他们觉得可能是我喝了一两杯，然后想象的这整件事。

“‘不是的’，我说，‘你们把他带进来的时候，他还没死。我的意思是，这狗杂种还能折腾。’

“当时你那个朋友林克也来了，他说，‘木头腿，我问你个问题。’

“‘你问。’我说。

“‘然后你要尽可能如实地回答这个问题，好吗？’

“‘好的，’我说，‘你问吧。’

“‘你看见这个浑蛋身上这一大堆弹孔了吗？’

“‘看见了。’我说。

“‘那他现在死了吗？’

“我们大家就站在尸体跟前呢。他身上的弹孔这么多，多到荒谬。

“‘是的。’我说。

“‘那你确定他死了吗？’

“‘确定。’我说。

“‘确定吗？’林克说。

“‘确定。’我说。

"'那这事儿就不用再提了。'他说。

"'你不相信我吗?'我说。

"'我相信你,'他说,'但是这件事不要再跟其他任何人提起。连你老婆我也不会说。'

"'我还没结婚。'我说。

"'那更不应该跟她提了。'

"然后他们就走了。

"他们走之前都好一顿瞪我。我明白是什么意思,但是那个狗娘养的真的曾经死而复生来着。因为此事,我不想再给任何一个收进这里的杀人犯、抢银行的或是疯子留任何机会。你不知道会是什么情况,他们其实可能没死,可能是装的,或是丧失意识还是什么的,然后他们可能会突然袭击你,所以我就弄了一把枪放在办公桌里。我现在有准备了。下回再有事:乒!"

我就是到这么一个地方借子弹来了。

来这位木头腿朋友这儿借子弹。这位朋友在停尸房工作,备着一把枪用来击毙死人用。

1934

我突然想起这天早些时候，我本有一个电话要打的，但是当时我身上一个子儿都没有。现在我有了，这多亏了林克警长，于是我找到一个电话亭，准备打这电话。

我本应该通话的那个人没在家，电话机并没有退还我硬币。我拿拳头捶了它半打那么多回，还骂它婊子养的，还是不管用。然后，我注意到收据粘上了黄芥末酱，感觉才算好些。

晚些时候我还得再打打看，但是我那七毛五分钱花得太快了。如果作为笑料的话，这本可以是挺好笑的事。

好在我不饿了，这个事儿解决了。

得尽量多看到事物阳光的一面不是。

不能轻易被打败。

一旦我真的撑不住，我就会开始想象巴比伦，那样的话，事情只会变得更糟，因为很快我就会什么都无法思考，只想着巴比伦了。当我开始神游巴比伦的时候，除了琢磨巴比伦，什么我都做不了，我的生活便会碎落一地。

总之，过去的八年里，从 1934 年算起，基本都是这个样子，也是那一年起，我开始总想起巴比伦。

金发女士

停尸房就在商贸街的司法厅后面，我走进那里的时候，正撞见一位年轻女士往外边走边哭。她身穿一件皮草大衣，是打扮时髦的贵妇模样。她留着金色短发，鼻子长长的，嘴巴长得很漂亮，看得我嘴唇发痒。

我已经很久没有吻过人了。如果你兜里又没钱，跟我一样糟糕透顶的话，找人亲嘴就是很难的事情了。

自打珍珠港事件前一天以来，我就再没亲过谁了。最后一次是和梅布尔。以后如果一切都不用操心的话，我还是会恋爱的。我的意思是，完全没事可操心，零操心。

金发女边走下楼梯边注视着我。她看我的样子好像她认识我似的，不过她什么都没说。她只是继续在哭。

我转过头去看是不是我身后还有什么人，有可能她在看别人，但我是唯一走进停尸房的人，所以只能是在看我了。有点儿怪怪的。

我回过头来，眼瞅着她就这么离开了。

她走到马路牙子边，一辆带司机的十六缸黑色凯迪拉克拉萨尔豪华轿车停在她旁边，她上了车。车看起来就像凭空出现的。原本那里没有一辆车，然后出现了一辆车。车子开走的时候，她一直在车窗里盯着我看。

她的司机是个大块头的先生，面相不友善。他有一副杰克·登普西①的长相，脖子粗大。他的样子看起来像是能跟你姥姥爽上十个回合不在话下，一路狂战，不停地给她送上云霄的那种人。事后你

---

① 杰克·登普西(Jack Dempsey)，美国著名的职业拳击手，20世纪20年代美国文化标志性人物之一。

可以用个一加仑的玻璃罐子把她接回去。

豪华轿车驶走的时候,他转过头来给了我一个大大的微笑,就好像我俩守着什么共同的秘密:老相识了什么的。

我之前从没见过他。

“探子”

回到验尸间，发现我那停尸房好哥们儿木头腿正凝视着石头台案上一具女性尸体的往生双乳，显然，她已准备好迎接独属于她的尸检。这种机会一世只修得一次。

他全神贯注地凝视着她的奶子。

她是个样貌出众的女性，但是已经死了。

“你也有点岁数了，怕是吃不消哦？”我说。

“哦，探子啊，”木头腿说，“你还没饿死呢？我还等着你的尸体运进来呢。”

木头腿一直管我叫“探子”。这称号是从私家侦探（private eye）的“探”（“eye”）字来的。

“我转运啦，”我说，“我有客户了。”

“别逗了，”木头腿说，“我读今天的早报了，报上没提有囚犯从疯人院潜逃啊。还有人能挑得上你？旧金山有的是正经侦探。翻翻黄页电话簿就能找到。”

我看看木头腿，然后又看了看那具年轻女性的尸体。她生前样貌非常漂亮。死后，看起来一副死相。

“我估计要是我再晚进来几分钟，准能逮到你在那儿干你这个新女朋友吧，”我说，“有时还是要试试活人的。那样你就不会每次操完都感冒。”

木头腿面带微笑，继续欣赏着这具死娘们儿。

“一副完美的躯体，”说着他叹了口气，“唯一的缺憾是她后背上有个五英寸[1]深的窟窿。有人把一把开信刀捅到她身体里了。真是可惜。”

“她是被人拿开信刀捅死的吗？”我问道。这让我想起了什么，但是又想不起来到底是什么。反正听着有点儿耳熟。

---

① 英寸，英美制长度单位，1英寸等于2.54厘米。

“是的，她也曾是夜色里数一数二的女郎。结果被人发现躺在楼门口。白瞎了这尤物啊。”

“你可曾和任何一个喘气儿的女人上过床？”我说，“要是你妈知道你成天干这种勾当，她会怎么想？”

“我妈什么也不会想。她还跟我爸生活在一起。请问你有什么事吗，探子？你应该也很清楚你这个人在社会上的风评不是很好，如果你是想找个睡觉的地方，楼下的那间空冷库里倒是有个铺位在等待着你。实在不行，我也能给你在这屋找个地方塞进去。”他将头转了个方向，朝着墙体嵌入式冷柜的方向，那冰箱样子怪异，里头足够塞下四具尸体。

大部分尸体都在楼下的“冷冻储藏室”保存，但是他们会留存一少部分特别的，在验尸间里。

“多谢了，不过我睡觉的时候不喜欢有个变态总是盯着我。”

“来点儿咖啡吗？”木头腿问。

“好啊。”我说。

我俩来到他的办公桌旁边，办公桌摆在验尸

间。办公桌上有一个小电炉。我们各自给自己倒上咖啡，坐了下来。

“行了，探子，说吧，你跑到这儿来肯定不是为了还我借你的五十块钱。对吗？没错。”他自己回答了自己。

我小啜了一口那咖啡。咖啡的味道像是从他那些死尸朋友中的某一个身体里流出来的。我差点就说出口了，但还是改了主意。

“我需要些子弹。”我说。

“啥玩意儿，”木头腿说，“你再说一遍。”

“我接到了个活儿，有客户了，现金付款，但是这个活儿需要我带家伙什儿。”

“你还有枪呢？”他说，“在你身上岂不是很危险？”

“我可是上过战场的，”我说，“我曾经是一名士兵好吗。我受过伤的。我是一位英雄。”

“扯淡！你替那些西班牙的共产主义分子打仗，屁股挨了枪子儿，那属于活该。你是怎么让屁股挨了枪子儿的？”

我把谈话又拉回到原定的主题上。我可没有

时间跟他贫嘴贫一天。

“我需要六颗子弹，”我说，“我的枪膛空了。我想，我的客户不会愿意雇用一位配空枪的私家侦探。你在这里应该存枪了吧？以防万一那些僵尸又起身举着斧头追杀你什么的。”

“你小点儿声，”木头腿边说边环顾了一下四周，虽然这房间里再没有其他人了。对于林克警长不许他和别人再提起斧头杀人狂意外事件的忠告，他十分认真地接纳了。我是为数不多知道这件事的人之一。我们原本是关系很好的朋友，至少在我跟他借钱不还之前是的。我们依然是朋友，但他毕竟想要回他的钱，所以我们之间就有了一些小小的障碍。不是什么大问题，但是确实也有些隔阂。

“怎么说？”我问。

“嗯，我确实在这儿存了一把。毕竟世事难料。”

“那你能借我几颗子弹吗？六颗就够了。”

“一开始嘛，你十块十块地借，后来嘛五块五块地借，再后来一块一块地借。现在好嘛，又要从我的枪里借子弹了。你可真是没谁了，废物，纯粹一大废物。”

“我知道，”我说，“但是这次我确实需要子弹。如果我不能搞到足够的子弹好能得到工作，我又怎么能把欠你的钱还上呢？”

木头腿厌恶的表情稍有缓解。

“嗨，操，”他说，“但是我不能把所有子弹都给你。我得给自己留三颗子弹，以防万一这地方又有什么奇怪的事情发生。”

“你依然觉得那事儿是真的，啊？”我说。

“说话小心点，探子。”木头腿说。

他又环顾了一下四周。这里依然除了我俩没有别人。他非常小心地拉开抽屉，拿出一把左轮手枪。他打开枪的转轮弹仓，拿出三颗子弹来交给我，然后又把枪放了回去。

“二瘸子。”他说。

我看了看手里的这几颗子弹，事实上，我应该是仔细地盯着它们。

“有什么问题吗？”他说。

“这是什么口径的?”我说。

“点 32 的。”他说。

“啊,操!”我说。

点 38

“你那把是点 38 手枪，是吧？”木头腿说。

“你怎么猜得这么准？”

“看透你小子不是什么难事。”

“这下我该怎么办？”我说。

“比如上个班呢？”木头腿说，“很多人都可以上班的。那不是什么伤风败俗的事。”

“但我现在有客户了，”我说，“正经客户。”

“你以前也有过客户，然后你又被炒鱿鱼了不是？醒醒吧，老兄。这个什么私人侦探的营生真不是你能干的。如果我发现我老婆背着我搞外遇，我就算是找唐老鸭调查她在跟谁鬼混，也不会找你去调查的。就算我还没结婚，我也很清楚。你自己为什么不给你的枪买子弹呢？”

“我这不是没钱嘛。”我说。

“连买子弹的钱都不够吗？见鬼了，那玩意儿也就差不多一块钱。”

“这不是赶上我点背的时候了嘛。”我说。

“我能想起来的你唯一走运的时候，就是你去年让车撞了那回，”木头腿说，“但凡一般人，都不会把遭车祸两边的肺都撞碎了算成是走运的事。”

“这下我该怎么办啊？”我说。

木头腿摇摇头，面露苦笑。

他打开抽屉，拿出他的那把枪递给我。

“要是我给哪个死掉的陌生人冲洗他的脸的时候，那家伙又活过来要掐死我，这个账我一定算在你头上，然后死缠住你，不让你好活。到时候，你就再别想再睡一个安稳觉了。到夜里我会把床单直接塞进你屁股里。让你后悔莫及。”

我把枪揣进我的大衣口袋里，本没放枪的那一边的口袋。

“太感谢你了，‘木头腿’，”我说，“你真是我的铁哥们儿。”

“你就是个浑蛋玩意儿，”木头腿说，“明天早上我要见到我的枪被还回来。”

“感谢你，”说完这句，我这才感觉自己是个侦探了，一个枪膛满满揣在兜里的真正的私家侦探。这回我一定要转运了。我开始走上坡路了。

清晨的邮件

木头腿送我到大门口。作为装着一条木头假腿的人,他行动起来真是又优雅又敏捷。我之前提过吗?好像没有,我得提一下,这事有点儿意思:一个拖着一条假腿的男人负责打理死人。

然后,我想起来我本来要问他的事情。

“对了,‘木头腿’,”我说,“你见过刚才从这儿出去的那个金发女郎吧?她留短发,穿皮草大衣,长相挺不错。”

“知道啊,”他说,“她是我这里一个客户的访客:就是那个长得好看的,有人因为没等来清晨邮差送来的邮件,下手把她开刀了。”

“什么?”我说。

"拿开信刀干的。"

"你是说凶器是开信刀吗?"我问道。

"是啊,那姑娘是被开信刀杀死的。那个金发女是来认尸的。她说,她本以为那可能是她姐妹。她是在报纸上知道此事的,不过后来发现认错人了。"

"那就怪了,"我说,"她从大门出去的时候是在哭的。"

"这我就不清楚了,反正她离开我这里的时候并没有哭。看起来没什么感情,冷血动物。"木头腿说。

开信刀!

现在我想起来了。

林克警长把玩的那把开信刀杀的就是刚才木头腿垂涎的那个姑娘。我就说为什么当木头腿提起开信刀的时候,怎么有点儿耳熟呢?开信刀是那件杀人凶器。

一些没什么指向、不确定的、尚不清晰的巧合。我心想,但是这些跟我也没什么关系。

“再见。”我说。

“记得明天一早把枪送回来。”木头腿说着，拖着假腿回验尸间了。

老大

万岁，我可算拥有满膛子弹的枪了！再过几个小时，我就会迈开自信的步伐去与我的客户会面了。还真不知道他们让我带上枪到底是要做什么。嗨，快饿死就不挑肥拣瘦了。我太需要这笔钱了。

我打算先要五十块预付款。那样我的境况会得到大大的改善。我可以拿出几块钱让包租婆不再来烦我。我可不觉得用罗得岛油井的故事对付她，能有多牢靠的持久性。我估计等我再回到公寓的时候，她定会像个女巫一样不停地四处鬼吼。

还有些时间可以打发，于是我步行去朴茨茅斯广场，在罗伯特·路易斯·史蒂文森[1]雕像旁边，找了条长凳坐了一会儿。

很多华人进进出出那个公园。我观察了他们一阵子。这些人挺有意思，充满活力。我琢磨着是否有人告诉过他们，他们看起来跟日本人简直没区别，而当下看起来像日本人可不是什么好事。

不过这些已经与我无关了，因为对我来说战争这档子事已经过去了，所以我只想在旧金山的公园长凳上坐一会儿，任由世界自行运转。我有了装满子弹的枪，而我的客户还愿意为我的效力付钱。

眼前的世界似乎不那么糟糕了，于是我开始神游巴比伦。为什么不呢？反正这几个小时我也没别的事可做。无伤大雅。不过我还是得很小心地梦回巴比伦。我不能被它给拿住了。我得掌握主动权。这才是我该做的。

我要让巴比伦看看，谁才是老大。

---

① 罗伯特·路易斯·史蒂文森(Robert Louis Stevenson)，英国小说家、诗人，也是英国新浪漫主义文学的杰出代表之一。代表作冒险小说《金银岛》。

通往巴比伦之门

我想，还是要讲一下我和巴比伦是怎么搭上关系的。那时我刚读完高中，在四处寻觅我的人生接下来该怎么走。

读高中的时候，我的棒球算是打得还不错。我曾经连续两年获得优秀运动员称号，二年级的时候安打率是 0.320，其中包括四个本垒打，于是我决定放手一搏，成为一名职业棒球运动员。

那天下午，我参加了半职业队的选拔赛，发现这有可能是我未来职业的开端，一份能将我带进纽约扬基队的职业。我打的是一垒，那样的话，扬基队就得开掉现在打一垒的卢·格里克[①]了。不过，我觉得只能是谁更厉害谁上，那谁更厉害呢，当然是我。

当我到球场参加球队的选拔赛时，球队经理见到我的第一句话是："你看起来不像个一垒手。"

"样貌是不可靠的。等着看我的表现吧，我是最棒的。"

经理摇摇头："我从没见过一个棒球球员长成你这样的。你确定你打过一垒吗？"

"给我一根球棒，让你看看我的厉害。"

"好吧，"经理说，"你最好不是在浪费我的时间。我们现在排名第二，仅差一场比赛就能夺冠了。"

我并不知道这些跟我有什么关系，我假装对这样卓越的成绩表示十分欣慰。

---

① 卢·格里克（Lou Gehrig，1903—1941），美国历史上传奇的棒球运动员，绰号"铁马"，曾效力于纽约扬基队的著名一垒手。

“我来负责一垒的话，你就会在第一的位置上获得五场比赛领先的。”我试图幽这个狗杂种一默。

有一打蠢蛋模样的球员站成一堆，互相对着空气练习击打和接球。

经理呼唤其中一个过来。

“嘿，山姆！”他喊道，“上这边来，朝这个家伙扔几个球。他觉得自己是卢·格里克。”

“这你都知道？”我说。

“如果你是在浪费我时间，我会亲自把你踹出球场。”经理说。

可以预见我和他未来不太可能成为朋友，不过我还是要让这个浑蛋看看我的本事。很快，他就得为自己说的话后悔。

我拿起一根球棒，踩到本垒板上。我感觉相当自信。

投手山姆站到了投手土堆上。他是个长相十分不起眼的投球手。他看起来二十五岁左右，一副精瘦的身子挂在六英尺[1]高的骨架上。就算浑身湿透了，裤裆里再挂上个保龄球上秤，我感觉他也超不过 130 磅[2]。

“这就是你能找着的最好货色？”我朝经理嚷道。

“山姆！”经理喊，“好好给这小子上上课！”

山姆露出微笑。

就他那样的，估计跑龙套都排不上。一口龅牙简直就是海象的大表哥。

我挥了挥球棒热身。山姆也慢慢地进入了状态。他用最慢的速度卷身，再像一条蛇一样展开，脸上始终带着微笑。

这是我进入巴比伦之前记得的最后一件事。

---

① 英尺，英美制长度单位，1 英尺等于 30.48 厘米。

② 磅，英美制质量或重量单位，1 磅等于 0.4536 千克。

罗斯福总统

巴比伦真是太美了。我沿着幼发拉底河畔漫步，身边有个姑娘陪伴。她长得十分美丽，一条长裙下，胴体轮廓毕现，颈上戴着一条绿宝石项链。

我们讨论起罗斯福总统。她也是个民主党派。拥有一对挺拔的丰乳同时还是民主党派，已然是我心中完美的女人了。

“我真希望罗斯福是我的父亲，”她用好似蜜汁的醇厚声音说，“如果罗斯福总统是我的父亲，我会每天早上给他做早餐。我摊的华夫饼可棒了。”

这姑娘棒极了！

这姑娘棒极了！

在那巴比伦的幼发拉底河畔，

棒极了的姑娘！

我的脑海里好像有一部收音机，在播放着这首歌。

巴比伦沙漏钟

“你是怎么做华夫饼的？”我说，“我会先放两颗鸡蛋。”说着，她突然看了看她的时钟。那是一个巴比伦的沙漏钟。这个钟里有十二个小的沙漏，靠沙子来观测时间。

“快十二点了，”她说，“该去球场了。比赛一点钟开始。”

“谢谢，”我说，“我都忘了时间了。你一聊起罗斯福总统和华夫饼，我脑子里就没法想别的事情了。放两颗鸡蛋。听起来真是很棒的华夫饼。有机会，你一定要做给我尝尝。”

“今晚，大英雄，”她说，“那就今晚。”

我多希望她说的今晚是眼前的今晚。

我想吃那华夫饼，还想听她讲更多关于罗斯福总统的话。

尼布甲尼撒[①]

我们到达球场的时候，已经有五万人在场，等待着我的到达。我走进球场，所有人都站起来欢呼着。

尼布甲尼撒专门安排了三组骑兵，控制在场的狂热粉丝。到达的前一天刚发生了一次骚乱，有不少人因此受伤，所以老“尼布”对于今天的比赛采取了谨慎的管制措施。

---

① 尼布甲尼撒(Nebuchadnezzar)，通常指尼布甲尼撒二世，新巴比伦王国国王，有“巴比伦雄狮”之称。586 年攻陷耶路撒冷，灭犹太王国，摧毁了所罗门圣殿。大兴土木，建设巴比伦城，并为其妃建行空中花园。

全副盔甲武装的骑兵们看起来相当精良。

我想,对他们来说,目睹我的全垒打一定是一件幸事,至少比奔赴战场好多了。

我去了更衣室,姑娘也跟了进来。她的名字叫作娜娜迪拉特。当我走进更衣室的时候,所有的球员都停止了交谈,目送着我走进我的私人更衣间。四周进入肃穆的寂静,没有人知道该说点儿什么。这不怪他们,毕竟,当你面对一个最近连续打出二十三次全垒打的人,该说点儿什么呢?

球队和我之间早就已经没有寒暄的必要了。

对他们来说,我就是一个神。

人人都臣服于我球棒的神龛之下。

公元前 596 年的棒球赛季

我更衣间的墙上挂满了织锦壁毯，它们用金线织成，还镶嵌着名贵的宝石，描绘着我的棒球战绩。

有一块壁毯上描绘的是我“斩首”一位正投出直球的投手的画面。另一块上，是在场地内野二垒和三垒之间，一群对方球员正围着一个巨大的洞站着。他们根本找不到球去哪儿了。还有一块挂毯上是我正接过尼布甲尼撒授予的满钵的珠宝，为了奖励我在公元前 596 年的棒球赛季里 0.890 的安打率。

娜娜迪拉特脱下我的衣服，我平躺在一张坚实的黄金更衣台上，她用稀有的异域神油为我进行赛前按摩。她的双手是那么温柔，感觉就像是满月之夜里交欢的两只天鹅。

按摩完毕，娜娜迪拉特为我穿上棒球制服。她花了足有五分钟时间为我套上制服。她的动作十分挑逗情欲。她给我把制服完全穿好的时候，我勃起了。她把我的鞋绑好的时候，我差点儿交待了。最终，她给我的“大钢钉”来了个精妙又充满爱意的护理，结束了这一切。

啊，天堂！如果你成为一位巴比伦的棒球明星，人间便是天堂。

一垒酒店

“行了，傻×，醒醒！”一个声音细蹑进我的耳朵，听着就像有人蓄意踩在老太太的眼镜片上，“您的美容觉睡够了没有！快醒醒！这儿不是酒店！这儿打棒球呢！”这声音继续蹑着。

我睁开双眼，经理跟山姆站在我上方，朝下盯着我看。球队经理看起来气坏了，而山姆笑得像只领路的小乖狗，龇着他的大龅牙。我正躺在一垒旁边的草地上。

球队正在进行击球练习。大伙儿一直带着嘲笑往我这边看。所有人都沉浸在愉悦中，除了经理和我。

“我就知道你不是打棒球的，”他说，“你压根儿长得就不像打棒球的。我甚至觉得你以前都没见过棒球长什么样。”

“发生什么事了?”我说。

“快听听,山姆,”经理说,“你敢信? 这个小浑蛋还问我发生什么事了? 你他妈的觉得是发生什么了? 好好想一想,然后你告诉我刚才发生什么了。能发生什么事了呢?”他又吼叫起来,“你的脑袋被球砸了! 你跟脑子进水一样呆呆地站在那儿,然后脑袋被球砸了! 你一丁点儿都没动! 我估计你连球都没瞅见! 你就戳在那儿好像在等公交车一样!”

然后,他伸手抓住我的脖领子,把我从草地上往外头拖,一直拖到大街上。

“放手!”我说,“放手! 我的头好疼。你干吗?”

我的话对他不起任何作用。他还是继续把我往外拖。他就这么把我丢在了人行道上。我在地上躺了很久,生平第一次思考,也许我并不是为成为一位职业棒球手而生的。然后,我又回忆起刚刚做的关于巴比伦的梦,以及那梦是他妈的多么美好。

巴比伦……多么美好的地方。

就是从那时候开始的。

我总会回到那个地方。

巴比伦的牛仔

在 1933 年的 6 月 20 日，我的脑袋让棒球砸了这件事成了我进入巴比伦的门票。无论如何，在去见三个月以来的第一位客户之前，我还有几个小时可以消磨的时光。于是我从停尸房漫步到位于唐人街边上的朴茨茅斯广场，坐在一条长凳上，看着公园里进进出出的中国人。

我决定来上一会儿巴比伦的白日梦。一切都在掌控之中：枪已装满子弹，时间充裕，于是我就去了巴比伦。

最近一次将我卷入巴比伦的历险遭遇，是我在那里开了一家很大的侦探事务所。我是巴比伦最出名的私家侦探。我拥有一间相当华丽的办公室，就在空中花园脚下。还有三名能干的办事员为我工作，我的秘书也是狠角色——大漂亮娜娜迪拉特。她已经成为我在巴比伦历险中，一个固定的角色了。她是个完美的女性搭档，不管我是在那边做什么。

我是个巴比伦牛仔的时候，她便是被坏人绑架的学校老师，然后我去营救她。那回我俩差点儿就结婚了，出了点岔子，最后没成。

在我巴比伦的戎马生涯中，有一场战役，我受了重伤。我是个将军，她是个护士，陪护我伤势痊愈。我被伤痛折磨，卧床不起，巴比伦闷热的夜里神志模糊的时候，她捧着清凉的水为我洗脸。

对娜娜迪拉特，我真是百梦不厌。

她永远都会在巴比伦等我。

她那一头乌黑长发、婀娜腰身和勾魂乳房，令我意乱神迷。谁承想：我要不是脑袋让棒球砸了，就错过她了。

“特里与海盗”[①]

有时候，我会在巴比伦历险的形式上玩花样。它们可以是以书的形式出现在我的脑海里，而我则是用阅读的方式经历，更常见的是像电影一样。也有一次是戏剧的形式，我是哈姆雷特，而娜娜迪拉

① 《特里与海盗》(*Terry and Pirates*)是漫画家米尔顿·坎尼夫(Milton Caniff)创作于20世纪30年代的动作冒险连环漫画，讲述了一位年轻人特里·李(Terry Lee)与他的朋友“两拳头”前往中国寻找失落的金矿的历险故事。

特既是乔特鲁德又是欧菲莉亚[1]。在剧的第二幕中间，我抛弃了剧本。下回，我应该把它从上次中断的地方续上。我会给它一个和莎士比亚写的结局不同的剧终。我的《哈姆雷特》会有一个美好的结局。

娜娜迪拉特和我会乘坐飞机飞走，那飞机是我发明的，用棕状蕨的叶子建造，靠燃烧蜜液推动引擎。我们会飞到埃及，在一只金色宝筏上，与法老一同沿尼罗河漂流而下，共进午餐。

对，我最近要先挑这个来试试。

我还有半打的巴比伦历险是以连环漫画的形

---

① 《哈姆雷特》中的两个女性角色。前者是丹麦王后、王子的亲生母亲。她在先王死后被迫改嫁小叔子克劳迪。在莎士比亚的时代，这种关系被视为乱伦，所以引起哈姆雷特的仇恨。她误饮了克劳迪为哈姆雷特预藏的毒酒，当场身亡。后者是波洛涅斯的女儿。她与哈姆雷特双双陷入爱河，但种种阻力警告王子政治地位的差距使他们无望结合。作为哈姆雷特复仇计划的一部分，她被无情抛弃，加上父亲的死让她精神崩溃，最终失足落水溺毙。

式出现的。这种方式乐趣颇多。画风是按照《特里与海盗》的风格来的。娜娜迪拉特作为连环漫画角色的样子可太好看了。

我刚体验完的那个,是《硬币侦探》[①]杂志里会出现的短篇小说,一个私家侦探的悬疑故事。随着我一段接一段、一页接一页地读,文字转化成我可以看到的画面,然后快速地在我的脑海中翻页,像在做一个梦。

这个悬疑故事结束于我拧断了那个男管家的胳膊,当时他正试图用刀子捅我。同一把刀,他曾用它谋杀了一位公爵的遗孀。那老贵妇是我的客户,她雇用我为她调查一些艺术品画作遗失的案件。

"怎么样?"我颇为炫耀地跟娜娜迪拉特说,任由那行凶的浑蛋在地板上痛苦地扭动,这就是盗窃应得的预付定金——背叛与谋杀。

---

① 《硬币侦探》(*Dime Detective*),是美国一本著名的侦探小说流行月刊,曾在 1931 年至 1953 年间出版。

"就是男管家干的!"

"哎哟哟哟哟哟!"男管家在地上惨叫。

"你本来还不相信,"我对娜娜迪拉特说,"你还说男管家不可能干这种事,我早看透了,现在这个猪猡要为他的罪行付出代价。"

我在他的肚子上狠狠踹了一脚,导致他的疼痛转移了,他从胳膊疼变成了肚子疼。

作为侦探,我在巴比伦不只侦探业务名气最大,论性格我也是最心狠手辣的。我一向是眼里不揉沙子,对不法分子从来不留一丝怜悯。

"亲爱的,"娜娜迪拉特说,"你简直棒极了,但是真的非踹他的肚子不可吗?"

"必须的。"我说。

娜娜迪拉特两手环抱住我,将她美丽的身子紧紧贴在我身上。然后,她抬起双眸望进我那冷酷如铁的眼睛,露出了笑容。"那好吧,"她说,"人无完人,你真是个柔情硬汉。"

"饶命!"男管家说。

结案!

“冷酷的明皇帝”

坐在公园的长凳上，身处正在跟日本打仗的美利坚合众国人、德国人和意大利人当中，我决定以一个巴比伦私家侦探的身份，进行我的下一次冒险——系列连载的形式，有十五个章节。

男主角肯定还是我，女主角还是娜娜迪拉特，我忠诚又可爱的助手。我决定从《飞侠哥顿》[1]里借“冷酷的明皇帝”作为反派。

---

① 《飞侠哥顿》(*Flash Gordon*)，是亚历克斯·雷蒙德于1934年创作的太空歌剧冒险漫画。它最初以连载漫画的形式出版，不久拍成了科幻电视连续剧；讲述了哥顿访问蒙戈星球，与“冷酷的明皇帝”(Ming the Merciless)邂逅的故事。

为了剧情需要，我对他的名字和角色做了一些细微的改动。这并不难。事实上，这么做能给我带来巨大的乐趣。创作巴比伦的情境和人物，已经成为我过去八年生活里非常愉悦的一部分。至于不幸的部分，是对我现实生活的伤害，也就这样吧。

我宁愿活在古代的巴比伦，也不愿意在二十世纪把两片面包摞到一起，整出一个所谓汉堡包，而且比起我曾遇到过的所有女性肉体，我还是更爱娜娜迪拉特一些。

首先，要怎么用“冷酷的明皇帝”呢？给他改个名字。这是当务之急。在我的系列里，他应该叫阿卜杜·福赛斯（Abdul Forsythe）博士，在巴比伦，众所周知，他是最正直善良的人，然而，他在给穷人提供免费医疗服务的诊所楼下，秘密运行着一间实验室。在实验室里，他正在创造一种强力的邪恶射线，他要用它来征服世界。

这种射线能将活人变成魅影奇侠[1]机器人，完全臣服于福赛斯博士，替他做邪恶的事情，对他的指示言听计从。

他有一个计划，由他的魅影奇侠机器人挑大梁，创造出人造黑夜(artificial night)。这些机器人可以在真实的夜晚，逐个城镇地扫荡，征服毫无防备的居民，将他们变成更多的魅影奇侠机器人。

这是个精妙绝伦的计划，他已经将成千上万走投无路、上门向他寻求免费医疗帮助的穷人，转化成了魅影奇侠机器人。

他们前来求助福赛斯博士，然后就从地表消失了。他们的失踪几乎无人察觉，因为在巴比伦，他

---

① 魅影奇侠(The Shadow)是美国作家沃尔特·B.吉布森在20世纪30年代创造的一个虚构人物，首先在广播剧和通俗小说中登场，后又在同名杂志上连载，继而涉足漫画、电影、电视剧。他是一个戴着阔边帽、身穿黑披风、脸上蒙纱的老派侠士，真实身份是肯特·阿拉德(Kent Allard)。第一次世界大战时，他在法国服役，学得一身本领。战后，他去了东南亚参加贩毒活动，后被高僧感化，身传佛法和武术，最终开悟并获得种种神通。

们都是些穷人。有时候，这些人的亲朋好友会寻来，询问关于他们失踪的事。通常，这些人也都消失了。

魔咒啊！

离他的计划成功，就差最后一味药了。在他将这些人都转化成魅影奇侠机器人之后，他将他们像报纸一样堆在附近的一个仓库里，等待时机成熟，便将他们散到街上去，让他们把世界变成人造黑夜。

魔术师

“埃斯蒂布雷尔，埃斯蒂布雷尔。”

离我有些距离，我听到一个声音朝我喊叫，但没听出来是什么。

“打扰了，打扰了。”

那声音是一些词。

巴比伦在一旁倒塌，我躺倒在原地。

“打扰了，C. 卡德，是你吗？”

我向上望去，完全回到了所谓的现实世界。这声音来自西班牙内战时期结交的一位老战友。我已经好多年没见过他了。

“呃，我快是了，”我说，“山姆·赫斯伯格。那些在马德里度过的夜。往日岁月。”

我站起来，我们握了握手。我只能握他的左手，因为他的右手不在了。我还记得他的那只手被炸没的场景。那天对他来说不是个好日子，因为他曾经是一个职业抛球杂耍艺人和魔术师。当时，他看着自己被炸掉的手掉在身旁的地上，只说了一句，“这是一个我不能重演的魔术把戏”。

“你看起来人在十万八千里以外呢。”他说，如今多年之后，在旧金山见到了。

“我刚才在做白日梦。”我说。

“还是老样子啊，”他说，“在西班牙，见到你的时候，有一半你都根本不在那儿。”

我决定换一个话题。

“那你现在干什么呢？”我说。

“我和其他所有独臂的杂耍艺人和魔术师一样，他们能干什么我就干什么。”

“不好过啊，是吧？”

“也不是，我也没什么好抱怨的。我结婚了，老婆开一家美容院，她对有肢体残缺的人有特殊偏好。有时候她会暗示我，如果我能再少一条腿的话，会比现在性感翻倍，但也就这样了。至少不用为生计发愁了。”

“那组织那边呢？”我说，“我以为他们还是爱你的。”

“他们爱有两条胳膊的我，”他说，“只有一条的话，对他们来说就没多大用了。他们在山谷里向农场工人征兵的时候，利用过我去热场。大家会聚集起来看我玩抛球杂耍，变一些小把戏，然后再一起听关于卡尔·马克思、俄罗斯苏维埃多么伟大，还有列宁。嗨，这都是很久以前的事啦。人哪，得往前走。你要是不走，就只能等着黄土埋到脖子了。你这些年都在干什么？上次见到你的时候，记得你的屁股被子弹打了好几个洞，还说准备去当医生。你到底是怎么被打了屁股的？我的印象里，当时法西斯分子在我们的左侧，队伍后方也没有敌人，而且你还在战壕里。你是被哪儿来的子弹打中的呢？对我来说，这件事一直是个谜。”

我并不打算告诉他，当时我是在拉屎，坐在了我的手枪上，导致枪走火了，射出了好几颗子弹，直接在我的两瓣屁股上打穿了好几枪。

“都是过去的事啦，”我说，“回想起这件事会令我难过。”

“我懂你的意思。”说着，他望向原本自己右手该在的地方。

“话说回来，那你当成医生了吗？”

“没有，”我说，“这事并没如我所期待的发展下去。”

“那你现在做什么呢？”

“我是个私家侦探。”我说。

“私家侦探？”他说。

巴塞罗那

上一次我见到山姆，还是 1938 年在巴塞罗那。他的杂耍和魔术玩得相当厉害了。胳膊的事真是遗憾，不过听起来对于这份缺失，他也是物尽其用了。人总要想辙活下去。

我们一同忆起了西班牙内战时期的不少旧时光，然后我打劫了他五块钱。我尽量一个机会也不放过。

“说到这儿，”我说，“你在巴塞罗那的时候从我这儿借的五块钱，后来你还了吗？”

“什么五块钱？”他说。

“你不记得了？”我说。

“不记得。”他说。

“那就算了，”我说，“不是什么大事。”然后，我切换了话题——

“等一下，”他说，他一向是个毫无下限的实诚人，“我不记得我跟你借过五块钱。什么时候的事？”

“在巴塞罗那。我们撤离前的一周。算了，没事的。如果你不记得，我也不想再提了。都过去了。忘了吧。”然后，我又一次试图切换话题。

又过了一阵子，就在他给了我五块钱之后，这个人脸上还带着不解的表情，走到了华盛顿街，从我的生活中消失了。

亚伯拉罕·林肯纵队

西班牙内战已是很久以前的事了，不过我很高兴多年之后因此还获利了五美元。我从来都不是一个政治狂热者。这并不是我当初加入亚伯拉罕·林肯纵队的原因。我去西班牙是因为我以为那里和巴比伦差不多。我也不知道我这个想法是从哪里来的。对于巴比伦，我有很多想象。有些想象准确无误，也有些确实离谱。麻烦在于，很难说得清哪个是哪个，好在最终这些事情都能自行捋顺。反正，至少在我梦游巴比伦的时候，还是受用的。

然后我想起来，我还有一个电话要打，但是有那么几秒钟，我反应不过来到底是应该打给巴比伦，还是打给住在教会区的我的母亲。

应该是打给我母亲。

我答应她要打电话的，如果我不打给她，我想她会生气的。虽然我们其实没什么话可聊，因为我们互相都受不了，最后一成不变地吵起来。

对于我要做一位私家侦探这个主意，她一直不开心。

是的，我最好给我妈打个电话。如果我今天不打，她大概会比往常更生气。我讨厌这么做，但是如果不这么做，我可有得受了。我会每周给她打一个电话，然后我们进行一模一样的对话。我感觉我们俩甚至都懒得在谈话中变换一些词，每次用的词都是一样的。

一般就是这样：

"喂？"拿起电话的时候，我妈会说。

"嗨，妈妈。是我。"

"喂？是谁啊？喂？"

"妈。"

"该不会是我儿子打来的吧？喂？"

"妈。"我总会嘟囔一句。

“听着像是我儿子，”她肯定会说，“如果我儿子还在做私家侦探，他是不会有脸打来的。他没这个脸。他还是有点儿自尊心的。如果你是我儿子，那一定已经放弃当私家侦探这个不着调的想法，找到了体面的工作。他现在定是个能抬起头来做人的有工作的正经人了，想要还给妈妈他曾经欠下的八百块钱了吧。乖儿子。”

她说完这番话后，会有一个较长的停顿，然后我会说：“是你儿子打来的。我现在还在做私家侦探。我接到案子啦。很快我就能还一些欠你的钱啦。”

我总是会告诉她，我接到案子了，即使我没接到。这是流程的一部分。

“你伤透妈妈的心了。”她总会这么说，然后我会回答：“别这么说，妈妈，我只是做了个私家侦探嘛。我依然爱你。”

“那八百块钱怎么说？”她这时候会问，“我儿子的爱可买不来一夸脱[①]牛奶或者一块面包。你以为你是谁啊？太伤我的心了。永远都不干正经工作。欠着我八百块钱不还。还做什么私家侦探。也不结婚，也不给我生孙子。我可怎么办哪？我怎么这么倒霉，摊上这么个蠢蛋儿子？”

“妈，别这么说。”这时我会适时地抱怨上一句。原先这句抱怨可以从她那儿挤出五美元甚至十美元，但是近些日子已经不好使了，什么都得不到。只剩下干巴巴的抱怨，如果我连电话都不打，事情就变得更糟了。所以我还是得打，因为我不想让事情变得比现在这个状况还糟。

我父亲很多年以前就死了。

我母亲至今都没翻篇。

“你可怜的父亲，”她会说，说完这句话开始哭，“都是因为你，我成了个寡妇。”

我妈妈把父亲的死归咎于我，某种程度上来说

---

① 夸脱，英美制体积单位，用作液体时，1 美夸脱约等于 0.946 升。

也确实是我造成的，即使当时我只有四岁。每次她都会在电话里重提这件事。“熊孩子！”她嚷道，“倒霉的熊孩子！”

“妈——”我继续叽叽歪歪。

然后她就不哭了，说：“我也不应该怪你。那时候你才四岁。不是你的错。但是你为什么非得把球扔到马路上不可呢？你为什么就不能像其他有爹的孩子那样，就在人行道上拍球呢？”

“你知道我也很抱歉的，妈妈。”

“我知道你也为此难过，儿子，那你为什么要当私家侦探呢？我恨那些杂志和书，都是龌龊的东西。我不喜欢封面上印的那些人，他们都拖着长长的黑影，看着吓人。”

“那些都不是真的，妈妈。”这话我一定会说，然后她便会接话：“那为什么书报亭要把这些摆在那里，让全世界的人翻阅购买？你倒是给我说说，机灵鬼。说啊，你倒是回答啊。私家侦探先生。我谅你也答不上来。说啊！你给我说！告诉你妈！”

我答不上来。

我没办法告诉我妈，人们就是喜欢读一些拖着不祥阴影的人的故事。她是不会明白的。她的脑袋没办法理解这种事。

她会这样结束这段对话，会说："儿啊……"然后停顿上好一会儿，"……干吗非要干私家侦探啊？"

这样的对话，至今我们已经原封不动地重复了六个月。

我当然也不希望自己因为当私家侦探的理想而千金散尽，还跟我母亲和所有的朋友借了那么多钱。

不过，无所谓了，我将在今天交好运。

我有了一位客户，我的枪也有子弹了。

一切最终都会好起来的。

这才是最要紧的。

这将是我的转折点。

之后我会有很多客户，然后把欠的债都还上，拥有新办公室、新秘书和新车。然后，我会去墨西哥度假，再找一片海滩坐在那儿，梦回巴比伦。娜娜迪拉特将会回到我的身边，身披浴袍，美丽动人。此时此刻，我最好还是给我妈打个电话吧。

敬爱的山姆大叔

我去了附近一家位于科尔尼街的酒吧，好使用他们的公用电话。那里除了他们的酒保和一个正在用电话的胖女人，就没有其他人了。她并没有在讲话，只是站在那里，朝电话线另一头的人点着头。

等待她打电话的功夫，我决定用刚到手的五块钱，小喝上一杯啤酒。我刚在吧台前的高脚凳上坐下，酒保就朝我走过来了。他的长相是那么普通，以至于在人群中几乎是隐形的。

“你要点什么？”他说。

“来杯啤酒。”我说。

“最好赶紧喝完，”酒保说，“天黑的时候估计日本人就来了。”不知为何，他觉得这么说非常风趣，并因为自己的这个“笑话”开怀大笑起来。

“日本人喜欢喝啤酒，”他边说边继续大笑着，“等他们到加利福尼亚的时候，会把这里的每一滴酒都喝光的。”

我看着那个胖女人抬起又顿下地点着头，像只鸭子，脸上挂着大大的笑容。看起来这个电话打上好几年也打不完，而这才刚开始。

“啤酒不点了。”我跟酒保说完，便从高脚凳上起身，朝门口走去。我已经好几周没喝过啤酒了，可不想把这顿酒浪费在一个稀里糊涂的酒保这里。

我感觉他脑袋里有些螺钉、螺母之类的有点儿松动。怪不得这酒吧里都没人，除了一个和公用电话机搞对象的胖女人。

现在，我宣布你们正式成为对方的电话机和妻子。

“一滴都不剩。”伴随着酒保的笑声，我走出门，回到了科尔尼街上，走出去的那一刻差点儿撞翻了一个中国人。他刚好路过这里，而我踏出门的那一刻正好撞上他。我俩都吓了一跳，但是他比我还惊讶。

我们撞到一起的时候，他腋下夹着一个包裹。他潦草地将它抛起来又接住，包裹险些掉到人行道上。小小的意外给他带来了不小的惊吓。

“我不是日本人，”他边转身边对我说，边匆匆逃走，“华裔美国人的，星条旗的，敬爱的山姆大叔，没问题的。中国人，不是日本人的，忠诚，交税的，不惹是生非的。”

巴士宝座

事情变得越来越复杂了。

我最好还是等形势比较明朗后再给我妈打电话。我不想在形势大好的时候,提前用光好运气。我决定在见客户之前,先回家冲个澡。

或许衣柜里还能找到一件算得上整洁的衬衣。我想把最好的一面呈现给客户。我甚至刷了牙。

我从科尔尼街步行到萨克拉门托街,在那儿能等到从萨克拉门托街到诺布山的公寓的巴士车。并不需要等太久。那趟公交车离我所在的萨克拉门托这站,没几个街区了。

你看,我的好运已经在路上了。

我认为运气就像潮汐。

该来的时候，就来了。

我准备好好地享受一下奢华的巴士之旅。靠着双脚溜达，我已经在旧金山挨过好几个星期了。这是我最穷的一段时光，不过这日子已经熬到头了。

我上了公交车，投了五分钱后坐下来，仿佛我是一位国王，正在享受崭新的宝座。当公交车驶离萨克拉门托站的时候，我愉快地叹了口气。我猜叹气的动静有点儿太大了，因为本来双腿交叉坐在我对面的女人，把腿放了下来，不自在地把头扭到了另一边。

她八成是这辈子天天都能坐在巴士上。她甚至可能出生的时候就在巴士上，而且有终身乘车卡，就连她死了，棺材也会搭巴士到墓地去。巴士一定得漆成黑色的，然后所有座位都塞满了鲜花，像一帮疯狂的乘客。

有些拥有这一切的人就是不懂得珍惜这份美好。

傅满洲之鼓[①]

我正好可以利用这趟上山的巴士短途旅程的时间，好好构思一下我的巴比伦私家侦探系列。我仰坐好，任由巴比伦像温热的枫树糖浆，淋在热气腾腾的蛋饼上一样，占据了我的意识。

……啊，真好啊。

……啊，巴比伦。

我得给我这个系列想个名字。

---

① “傅满洲”是英国作家萨克斯·罗默（Sax Rohmer）笔下最著名的角色之一，于1913年《傅满洲博士之谜》一书中首次登场，以超级坏蛋的人物设定出现在作者的系列小说中。普遍认为，傅满洲是西方“黄祸论”的拟人化形象。

该叫什么好呢?

好好想想。

于是我回想了一下过去的几年里,我看过的那些故事系列。其实我是个资深的电影爱好者:

《魔术师曼德雷》(*Mandrake the Magician*)

《魔影蔓延》(*The Phantom Creeps*)

《惊奇队长的奇妙冒险》(*Adventures of Captain Marvel*)

《神秘的撒旦博士》(*Mysterious Dr. Satan*)

《影子》(*The Shadow*)

《傅满洲之鼓》(*Drums of Fu Manchu*)

《铁爪》(*The Iron Claw*)

这些名字都不错,我的这个系列也需要一个这样的好名字。巴士一路向诺布山顶驶去,走走停停,搭上一些乘客,又送走一些乘客。我的脑海里跑过了上百个标题的名字。想到的最好的一个是:

《阿卜杜·福赛斯博士恐怖故事》

《巴比伦密探历险记》

《机器人魅影蔓延》

好了，这下可好玩了。可以搭配的可能性很多，但还是要注意不能全然为了追求效果，偏离故事本意。虽然已经很努力地拴紧巴比伦，我还是坐过了两站，又折返往回走了好几个街区。

我必须非常小心地盯住我自己，尤其是现在我有客户了，不能让巴比伦又占了上风。

扫墓的星期五

遇到一部公共电话。

或许我还是应该给我妈打个电话，赶紧把这个事先办了。我越早打给她，就能越早不用再打给她。打完了，能撑上一星期不用操心这件事。

我往投币槽里丢进一枚钢镚儿，拨了号码。

我任由电话拨号之后响了十下铃声，最后我给挂了。

我琢磨着她能去哪儿。

我想起来，今天是星期五，她人在墓地，到我爸的墓碑前献花去了。她每周五都去做这件事儿。这是她的每周例行内容，无论晴天还是阴雨，她都会在每个星期五去拜访父亲的坟墓。

或许并不该在今天跟她通电话。

这只会又让她想起，是我在四岁的时候害死了我的父亲。

算了，我还是明天再打吧。

出于对自己的考虑，这样做更明智。

我不禁回想起害死我父亲的那一天。我的记忆拉回到很久以前，那是个礼拜天，天气温暖，一辆崭新的T形轿车停在了我家门前的路边。我老早就跑到车旁边去，想闻闻新车的味道。那时候我还是个孩子，就那么走了过去，欠身下去把鼻子直接凑到车的挡泥板上，然后使劲地闻。

在我看来，这世上最美妙的香水便是新物件的味道。可以是衣服、家具、收音机抑或是汽车，甚至家用电器，比如烤面包机或是电熨斗。对我来说，它们全新的时候都特好闻。

反正，我的回忆拉回到了我害死父亲的那个清晨。回忆的思绪走岔路了，跑到鼻子贴在一辆全新T形轿车的挡泥板上这件事上去了。我并不想回忆起害死父亲的部分，于是我的思绪便切换了主题。

我还不能开始想巴比伦,不然事情可能要被搞黄了,于是我开始想我的客户。

我的客户是谁呢?

他们看起来是什么样子呢?

他们想要干什么呢?

为什么他们需要我配枪呢?

他们会要求我去做违法的事情吗?

如果他们要求,很显然,那我也得做,杀人除外。快饿死了就不能挑肥拣瘦的。我登了她的船,她说去哪儿我就往哪儿开。除非是让我去杀人。这是唯一我不能碰的。我真的已经被逼到绝境了。我他妈的太需要钱了。

我也不知道我的客户会是男的还是女的。我唯一知道的,只有我得在晚上六点钟的时候到广播电台门口,和他们会面。他们已经知道我长什么样子了,所以我不用知道他们长什么样子。一个人要是穷成我这个样子,就不会觉得这有什么不合理的。对我来说,这些都太合理了。

史密斯

我不知道我的客户叫什么名字，是男是女也不知道，意识到这一事实，我又回到巴比伦和我的系列剧情里去了。

有时候，我就是这样去巴比伦的。

一想到给我的系列起标题，我就又想起所有主要角色的名字都还没定呢。当然了，反派是已经有名字的——阿卜杜·福赛斯博士，但是我自己的角色还没有名字。

啊，这可不行，我这是脑瓜子落在哪儿了吗？我最好先给我自己起个名字。说不定想标题的时候还能用上。

在最近我刚脱身的这个，发生在巴比伦的侦探小说里，我用的名字是绝杀黑桃尖，但是我不想在这个巴比伦历险故事里，再给自己用这个名字，我想换个名字。比如说，我在巴比伦是棒球英雄的时候，我用的名字是萨姆森·鲁斯（Samson Ruth），不过有点儿腻了。在这个系列里，我需要一个新名字。

在我折返经过两个街区，回到原本该下车那一站的过程中，我试了一些名字。我喜欢史密斯这个称呼。我也说不清，但是我一向喜欢这个名字。有人可能觉得这名字很平常啊，但我不觉得。

史密斯……

我把史密斯搭配上不同的名字，在脑子里过了一下：

艾罗尔·史密斯

卡里·史密斯

翰夫雷·史密斯

乔治·史密斯（George Smith）（像乔治·拉夫特[①]的感觉）

华莱士·史密斯

潘乔·史密斯

李·史密斯

摩根·史密斯

小炮舰·史密斯（“Gunboat” Smith）

老红·史密斯（“Red” Smith）

卡特·史密斯

雷克斯·史密斯

科迪·史密斯

弗林特·史密斯

特里·史密斯

史密斯哈哈笑

梅杰·史密斯（这个我非常喜欢。）

俄克拉荷马的吉米·史密斯

---

① George Raft，20世纪美国著名演员，以饰演黑帮角色著称。

F.D.R.史密斯

当你用上史密斯的时候，自然就会有很多可能性。

虽然有些也还算不错，但是到目前为止都还差点儿意思。没有想出完美的史密斯之前，我是不会敲定主意的。

干吗妥协呢？

额叶切除术

啊，糟糕！

我就这么琢磨着给我的巴比伦私家侦探取个带史密斯的名字，又走过了两个街区，反过来走到我住的那条街的路口——两个街区外去了，这下我又得掉转回去。再往回走感觉像个傻子，而这不是什么好事，因为过不了几个小时，我就得和几个月以来的第一位客户会面了，这个状态可是万万不行的。

神游在巴比伦，对我来说是有一定危险性的。

我得克制一下自己。

我很警惕地克制着不去想巴比伦，走回了萨克拉门托街。我一边走路，一边假装自己的前额叶已经被切除了。

送奶工

我走到莱文沃思街，然后又走了半个街区，总算到达了我居住的那栋破败的公寓楼。这时，我察觉到心中升起了胜利感，而且我没去想巴比伦。

有一辆殡葬的运尸车，停在公寓楼的门口。楼里有人死了。我想象了一下这栋楼里有住客去世了，但想象不出能是哪个人。死亡以某种形式出现了，为什么我却在思考该如何付房租?

死者是谁，等我搞明白的时候，一定会感到惊讶。

那辆运尸车是用马克卡车改造的，有足够放尸体的空间，可以同时躺下四个崭新的前纳税人。

我走上台阶，推开前门，步入公寓楼黑暗昏沉的前厅——有人称为家的地方，我叫它一坨屎。

虽然我和包租婆之间因为房租引起的不愉快算是暂时平息了，我还是不太情愿地顺着楼梯，往二楼她的房间瞟了一眼。房门是开着的，有两个殡仪馆服务人员，正把她的身体往外抬。尸体上盖着白布单，摊在担架上。还有一些住客堵在门口。他们看起来是很业余的、应付事的一群哀悼者。

我站在楼梯间的最下面，目送着服务人员将她的尸体抬下楼梯。他们操作起来动作十分顺滑，几乎毫不费力，就像从瓶子里倒出橄榄油一样。

这些人下楼的过程中，什么都没说。我认识很多在停尸房工作的人，但这几个我不认识。

表达哀悼的住客们在楼梯间的顶端站成一小团，业余地轻声细语和唏嘘感叹着。他们干这个不是很在行。当然了，当哀悼的是一个脾气古怪、时常鬼吼鬼叫，还曾是个窥私癖的包租婆的时候，你又能哀悼得多出色呢？她有个坏习惯，就是从门缝里向外窥视，审查每一个进出公寓楼的人。她有惊人的好听力。我猜，在她的家谱里的某一个点上，定是有只蝙蝠的。

嗯，这些现在都已成往事了。

她现在要上路了，去我的木头腿朋友那里了，他将会暂时地把她冻起来。我想知道他是否会观赏她赤裸的身体。应该是不会的。她太老了，而且吃了太多变质的甜甜圈。她和那个这会儿正陪着木头腿的卖淫女是没法相提并论的，那个被开信刀打开的女人。

有那么几秒，她的身体出现在我的脑海中。她长得真是不赖。然后我又想起了，那个在我离开停尸房的时候撞见的漂亮金发女郎，以及当时她哭得有多厉害，可是在那之前，当她看着那妓女尸体的时候，又是如何在木头腿面前，假装很有距离感和冷酷无情的。这股思绪一直引向了她的车夫，带着笑望着我的那一瞥，他们的车朝路的远方开走之前，那神情好似认识我，我们是老朋友之类的，就像是这会儿他不方便跟我相认讲话，但是过阵子我们会有机会见面的样子。

我的思绪回到眼下发生的事情，再看看那些殡葬服务人员将包租婆的尸体从楼梯运送完毕。他们干这事真是很出色。当然了，这是他们的职业，但我还是很欣赏。我认为每一行都能做成一门艺术，而他们能抬着那老东西的躯体，抬得就好像她曾是位天使，最次也是个百万富翁，就凭这，就能证明我这个理论。

“是包租婆吗？”他们从楼梯上下到一楼地面的时候，我说道。这么说让我听起来能像个私家侦探。我还想保持我的形象。

“是的。”其中一个服务人员说。

“怎么死的？”我说。

“心脏。”另一个人说。

业余哀悼者们跟着也下了楼梯，看着服务人员将她从房子里运出去。他们将她从运尸车后面，滑推进了车里。

那里头已经有一具尸体了，所以在她去往市中心的停尸房的路上，也算有个伴。我觉得，这总归比独自上路好些。

殡葬人员将她和她新认识的朋友脚边的门关

上了。他们缓慢地绕着车到前面，上了前排的座位。他们的行事里有一种悠哉游哉。对于收尸这件事，他们有种和送奶工收空瓶子一样的态度——只管来，捡起，然后运走就是了。

我的好日子

包租婆被弄走之后，我从大厅走到了我的房间，思路突然聚焦在目前状况下的光明的一面。这栋房子是归这个老包租婆的，而她又是个寡妇，她既没有亲戚也没有朋友。这房子产权的问题将会变得完全一团糟。得花上好几个月处理清楚，也就根本不会有人在意我拖欠房租的事了。

总算能喘口气了！

今天真是我的好日子。

我已经好久没有过像今天这样的好日子了，上一次应该是几年前被车撞——那天我的两条腿都被撞断了，因而拿到了一笔不错的和解费。虽然为此我挂了三个月的牵引器，那也比讨生活强。啊，对了，那段日子我是怎么过的？在医院里梦游巴比伦。

我甚至都不愿意离开医院了。

估计别人也能看出来。

护士还拿这个事儿开玩笑。

“怎么了，心情不美丽吗？”她们中的一个说。

“你看起来就好像是要去参加葬礼。”另一个说。

他们并不知道医院住起来有多舒服，只需要躺着，一切我想要的就都被安排好了，基本什么都不用做，只做一件事，就是梦游巴比伦。

从我拄着拐杖踏出医院大门的那一刻起，一切就开始走下坡路了。从那时开始，世界便急转直下，一直到今天。而今天，到目前为止，这是怎样的一天啊：有了客户！枪里装满了子弹！搞到五美元！最棒的是，包租婆死了！

还有什么不知足的呢？

圣诞颂歌

房间里那些黏腻的陈年老垢，我没在的这段时间里丝毫没有改变。这才是深渊谷底……老天哪，我过的是什么日子啊？有点儿吓人。我踩到了地板上摊着的一些不明物质。我十分刻意地不去看是什么东西。我不想知道那都是些什么玩意儿，当然也尽量避免去看我的床。

我的床和某些在精神病院的暴力病人区里能找到的东西相似。即使有时候，灵光一现，居然动了打理床的心思，我也向来是个不太会把床铺打理整洁的人，而那也是很久以前的事了。

我妈妈曾经不停地对我吼："你怎么又不收拾床！是什么事都得我帮你做吗？"

等我收拾完床，她又吼："为什么你就不能好好地收拾床呢！看看这床单！整得像上吊绳似的。我可怎么办哪！仁慈的主啊！宽恕我吧！"现如今我还欠着她八百块钱，而我的床看起来就像是个用来处死暗杀亚伯拉罕·林肯刺客的绞刑架，还有这周，我还没给我妈打电话。

我需要洗个澡，好给客户留下好印象，于是我脱光了衣服，正要开始洗澡，发现肥皂没有了。估计是几天前，最后的那一点肥皂头被我用光了。还有我的剃须刀，上面配的刀片太钝了，连削个梨都费劲。

我考虑要不要重新把衣服穿回去，出门，然后弄一块肥皂和一片剃刀刀片回来，然后我意识到这方圆一英里内，已经没有哪家商店是我没赊过账的了。如果我在哪家商店老板面前亮出我那张五美元钞票，他一定会把我撕成碎片。

不了，先生……

我该怎么办呢？

我也不能向这栋楼里的其他住客借肥皂或是

剃刀刀片，因为这里就像发过森林大火，已经没有一家没被我“洗劫”过了。就算我喉咙被割开了，他们也不会借我一块创口贴的。

我非常仔细地考虑这个问题。

我的思考是这样的：水比肥皂重要得多。我的意思是，肥皂没了水又能是什么呢？什么都不是。就是这个意思。从逻辑上来说，水就可以独当一面应对这个状况，况且有总比没有强，你能懂我的意思吧。

用这套逻辑说服自己之后，我放水走进淋浴间，然后立刻退了出来。

“啊呀呀呀呀呀呀呀呀呀！”我大嚷起来，疼得跳来跳去。

那水滚烫，我还为此付了水费的。很遗憾，我的思想境界还没有高到可以适应这个温度，也没有高到人类可以忍受这一切的程度。

嗯，其实……

这不过是我个人的疏忽。疼痛消失后，我又调整了冷热混水旋钮，这样它们便混合创造出了一个在没有肥皂的情况下，可以接受的洗澡环境。

通常我会在淋浴间里唱歌，于是我开始边冲澡边唱歌：

“齐来，宗主信徒，快乐又欢欣，

齐来，一齐来，同到伯利恒。

来朝见圣婴，天使王已降生……”

我总是会在洗澡的时候唱圣诞颂歌。

几年前，曾有个女人在我的公寓和我过夜，那公寓比现在的要豪华一些。她是一个二手车销售的助理。我挺喜欢她的。我还期望我俩能发生点儿什么更深层次的事，比如我以便宜的价格弄到一辆二手车什么的。

我们已经约会过好几次了，但那天是我俩第一次上床，我俩做这事儿还挺在行的，反正，我确实是这样的。那是在我还有肥皂的日子，第二天一早，我进淋浴室去冲澡。我离开卧室的时候，她还躺在床上，我入水然后开始唱歌：

“缅想当年时方夜半，忽来荣耀歌声……”

我就这么一直唱……

等我洗完澡回到卧室的时候，她已经走了。她醒来，穿好衣服，也没吭一声就走了，但她在床边的小桌上留了张字条。

字条上写着：

亲爱的卡德先生：

和你一起度过了好时光，谢谢。请不要再联系我。

诚挚的

道蒂·琼斯

我猜，有些人大概并不喜欢在七月就听到圣诞颂歌。

举世闻名的袜子专家

给我的脸来了一次全世界最没效率的剃须后，我完成了个人的清洁盛宴。感谢我那钝头刀片，虽然它已经是我拥有的最锋利的一片。

之后我勉强在众多衣物里，凑出来一套称得上干净的衣服套上。在连续数月贫穷的情况下，我已尽力了，我还没忘找出两只袜子穿上。它们当然本不是同一双，但已足够相似，不太能分辨清，除非你是个举世闻名的袜子专家。

感谢上帝，这一切都将在我拿下新客户后得到妥善处理。他们能将我从这个地狱救出去。

我看了床边桌上的钟。时钟的五官费力地从千疮百孔的斑驳中显露出来。钟表看起来不是很高兴。我想，它更希望自己生在一个银行家或者是有教职的老处女家里头，而不是来自旧金山一个不走运的私家侦探之家。钟表意志垂丧的双臂显示着5:15。我还有四十五分钟时间，前去鲍威尔街的广播电台和我的客户碰面。

希望不管我的客户委托我做什么，要做的事最好是在广播电台里，因为我从来没进过广播电台，我还挺喜欢听广播的。我有可多喜欢听的节目了。

那么，现在我“洗过澡了”“刮过脸了”“干净了”“穿好了”，差不多该去市中心了。我决定步行过去，我已经习惯了，不过这日子要熬到头了。客户付的丰厚酬劳将终结这一常规，这趟步行到市中心，算是某种对于往昔四处溜达日子的一种告别。

我套上大衣，就是那件两侧口袋里各有一把枪的大衣：一把装满了子弹，一把是空膛。现在回看的话，我真希望自己把那把空枪从口袋掏出来留下，但是你无法退回到过去重新来过。你只能接受结果。

在离开公寓之前，我又四下环顾了一番，检查自己是否落下了什么。我自然是没有。在这世上，我拥有的东西实在太少了，还能落下什么呢？

一块手表，没有；一枚镶嵌了巨钻的签章戒指，没有；一个好运的兔爪挂件，没有。那东西很早以前已经被我吃了。就这样怀揣两把枪孑然一身地站在这里，我准备充分得不能再充分地出发了。

此时，脑袋中唯一的杂念便是我还没给我妈打电话——将一成不变的对话再重复一遍，完成我的每周例罪这件事。

怎么说呢……如果你希望生活完美，那么最初这个地方就该按照完美的样子来创造，我并不是在讲伊甸园。

再见了,罗得岛的油田

当我离开那栋楼的时候,那些业余的包租婆哀悼者已经从楼梯间的上端消失了。这帮人被卷入了一场可悲的哀悼歌剧,实在是很荒唐的阵势。这会儿,他们已经都回到了各自的老鼠窝里,而包租婆不过是去世了。

离开这地方的时候,我想起了她。

毕竟我借由告诉她,我叔叔挖出了罗得岛的油田一夜暴富了,才得以暂缓交房租,在她的事上,我也算是有些关联的。那确实是不错的灵光一现,真是歪打正着,而且她还信了。要不是老有巴比伦这档子事,我说不定能成为一位伟大的政治家。

我一边走出大门,一边想象着包租婆心脏停跳之前，惦记着罗得岛油田的样子。我能听见她大声地对自己说："我以前怎么从没听说过罗得岛有油田。不知道为啥这事儿听着就不对劲。我知道俄克拉荷马和得克萨斯有很多油田，我还在加利福尼亚东部见过一些，但是在罗得岛有油田？"

然后，她心脏就停跳了。

挺好。

美好的照片

我正在莱文沃思街上走着，十分提防自己去想巴比伦，突然一个二十来岁的年轻男子在街对面盯上我，使劲地朝这边挥手。

我从没见过这个人。

我不知道他是谁。

我寻思着这是怎么回事。

他等不急要过马路，但灯还是红的，他只好站在那儿等着变灯。等待的功夫，他一直在空中挥动着手臂，像个风车似的。

灯一变，他就穿过马路朝我走来。

“你好，你好！”他的语气就像我们是多年不见的好兄弟。

他脸上布满痤疮，眼睛里透着骨子里的软弱。这傻蛋是谁啊？

“你还记得我吗？”他说。

我并不记得，而且就算我记得，我也不愿意承认。

“不记得，你是谁啊？”我说。

他的衣服乱糟糟的。

他的样子跟我一样糟糕。

当我声称不认识他的时候，他看起来十分沮丧，好像我们曾经是十分要好的朋友，而如今我把一切都忘了似的。

这家伙是他妈的从哪儿冒出来的？

他一下子变成盯着自己的脚尖看，样子像刚调教好的木偶。

“你是谁？”我说。

“你不记得我了。”他悲伤地说。

“你说说看啊，说不定我就想起来你是谁了。”我说。

他垂头丧气地摇了摇头。

“哎，别这样，”我说，“痛快点儿。您是哪位？”

他依旧摇着头。

我准备走了。

为了阻止我离他而去，他伸手拦我，手碰到了我的大衣。现在我有了第二个清洗大衣的理由。

“你卖过我一些照片。”他慢慢地说。

“照片？”我说。

“是的，一些没穿衣服淑女的照片。真是些美好的照片。我都带回家了。记得吗？金银岛？世界博览会？我把那些照片带回家了。”

哈，操！我打赌他确实把照片都带回家了。

“我还想再搞点儿照片，”他说，“那些照片已经旧了。”

现在那些照片变成的样子，画面在我眼前出现了一下，我不禁打了个哆嗦。

“你还有更多可以卖给我吗？”他说，“我需要新照片。”

“那都多久以前的事儿了，”我说，“我已经不干那事儿了。只是一时兴起干过那么一阵子罢了。”

“不可能，那是 1940 年，”他说，“不过两年前而已。难道你连一张存货都没了吗？我付高价买，怎么样？”

他这会儿像摇尾乞怜的狗，眼巴巴地看着我。他对色情照片如饥似渴。我之前见过这种表情，但那种卖黄色照片的日子已经翻篇了。

“死远点儿，变态！”说完，我便朝广播电台走去。

还有更好的事要去做，没闲工夫站在街角，跟一个性变态的浑蛋说些有的没的。我又想起了在 1940 年的世界博览会，我卖给他的那些照片如今破旧的样子，不禁打了个哆嗦。

佩德罗和他的五段罗曼史

朝着约见客户的方向，我又经过了莱文沃思街的几个街区，一路上想起了昨晚我做的梦。我梦见自己是“南方之境”餐厅的大厨，在巴比伦，经营着一家墨西哥菜餐厅，餐厅招牌菜是羊角椒酿奶酪（chiles rellenos）和奶酪安吉拉卷（cheese enchiladas）。

我的餐厅在巴比伦是相当有名的。

餐厅开在空中花园附近，巴比伦的上流人士都会来此吃东西。尼布甲尼撒也经常来，但他并不热衷于餐厅的招牌菜。他更喜欢点塔可饼。有时候，他坐在那儿一手举着一个。

真是有个性，他总是边开着玩笑，边挥舞着手中的塔可饼指着别人。

娜娜迪拉特也在那里上班，是个舞者。

那地方还有舞台演出，一支墨西哥流浪乐队："佩德罗和他的五段罗曼史"。

他们的表演真可谓是风起云涌，每当娜娜迪拉特跟着舞动起来，所有人都会点更多的啤酒，给自己降降温。她是舞动在古老巴比伦的一个墨西哥鞭炮。

哎呀，我突然意识到，我走在大街上，前去见客户的时候，又去想巴比伦了。大错特错。

我立即停止了这个行为。

及时踩刹车。

还是得小心。不能被巴比伦治住。我还有很多事要处理。晚点儿再考虑巴比伦。于是，我重新调整了头脑思绪，把注意力转移到其他事情上，我选择去想的是我的鞋。我需要一双新鞋。现在穿的这双已经烂了。

史密斯·史密斯

距离广播电台还有一个街区远，满脑子想着我的鞋子，史密斯·史密斯这个名字突然在脑海中闪现，我忍不住大喊："真不错！"几乎全世界都能听到我的叫喊，所幸周围没有人。鲍威尔街那一段街区相当安静。在街区的两端各有一些人，但是在街区中间这个地方，只有我孤身一人。

我的运气还在。

"史密斯·史密斯，"我想，这就是我在巴比伦私家侦探的名字啊。他的名字就叫史密斯·史密斯了。

我得到了和史密斯搭配的绝佳方案。我把它跟另一个史密斯连在一起，真为自己感到骄傲。很遗憾没有同伴能分享这一成就，不过我相信如果告诉任何人，史密斯·史密斯，定将送这人开启一段无意识的神经病院旅程，当然这可不是我想去的地方。

我还是把史密斯·史密斯留在自己心里吧。

我又回过神，想着我的鞋。

烤火鸡佐填馅配菜

我在六点十分的时候，到达了广播电台。我想以准时来表现自己是个负责任的私家侦探，而不是成天只知道神游巴比伦。

广播电台门口没有其他人了。

而我的客户，不管是谁，反正还没到。

我很好奇到底是什么人会出现。

我不知道那会是个男人还是女人。如果是个女人，我期待她有钱又漂亮，她疯狂地跟我坠入爱河，然后想让我从私人侦探的营生退休，从此过上奢华生活。而我一半的时间会用来干她，另一半的时间用来神游巴比伦。

那会是不错的生活。

我简直等不及这样的生活开始了。

然后我又想到，如果人来了，发现客户是个悉尼·格林斯特里特[①]类型的客户，又会发生什么。他会不会让我去跟踪一个跟他老婆搞外遇的菲律宾厨子？那样的话，我就得花很多时间在他做饭的咖啡厅吧台上趴着，观察他做饭。

这个案子可能要花上一个月时间。

每周，我都要去悉尼·格林斯特里特位于太平洋高地的巨型公寓见他，向他汇报所有菲律宾厨子这一周做事的细节。他对菲律宾厨子做的所有事情都十分有兴趣，甚至到了连餐厅每星期三的菜单里，这位厨子负责做的是哪几道菜都要知道的程度。

我会在悉尼·格林斯特里特对面坐下，在他那

---

① 悉尼·格林斯特里特（Sydney Greenstreet），20 世纪 40 年代活跃于好莱坞银幕的演员。其银幕生涯集中在人生的最后十年，以在黑色电影中饰演富有智慧的角色为人熟知。曾出演过《马耳他之鹰》《北非谍影》等影片。

摆满了珍稀艺术品的公寓里。那公寓棒极了。那公寓应该能观尽旧金山全景，而我应该有一杯五十年陈酿的雪莉酒端在手里，酒杯被男管家不断地斟满，而男管家应该是彼得·洛[1]。

彼得·洛在这个房间里的时候，应该会给人一种优雅镇定、对我俩谈话内容不甚关心的错觉，后来我发现他在房门口鬼鬼祟祟地偷听。

“星期三的菜单上都是些什么菜？”悉尼·格林斯特里特一边问，一边将他那肥厚的大手，环握在一只精致小巧的雪莉酒杯上，画面颇不协调。

彼得·洛则应该在开放式客厅的另一侧门口附近徘徊，假装在给一只大花瓶掸灰尘，实际上在非常仔细地听我们俩说些什么。

“那天的例汤是番茄稻米汤，”我会说，“沙拉是

---

① 彼得·洛(Peter Lorre)，悉尼·格林斯特里特的银幕搭档。从《马耳他之鹰》开始，两人一同出演过华纳兄弟的多部电影，多为战争背景的犯罪悬疑剧情，两人饰演的角色常常共同策划阴谋，抑或是明争暗斗。

华尔道夫沙拉。”

“我对汤不感兴趣，”悉尼·格林斯特里特会说，“沙拉也不感兴趣。我想知道那天的主菜是什么。”

“我很抱歉，”我会说。归根结底，他是金主。他付钱给我。“主菜是：

油炸大虾、

香煎海鲈鱼配柠檬黄油、

菲力比目鱼配塔塔酱、

小牛肉配蔬菜、

腌渍牛肉碎配鸡蛋、

香烤猪肋排配苹果酱、

香烤小牛肝配洋葱、

鸡肉丸、

火腿丸子配菠萝酱、

烤小牛肉片配红酱、

油炸无骨童子鸡、

烤弗吉尼亚火腿配红薯、

烤火鸡佐填馅配菜[①]、

谷饲小公牛肉俱乐部沙朗牛排、

法式羊排配青豆、

纽约切西冷。"

"你有没有尝尝哪一道主菜?"他问道。

"试了,"我说,"我点了烤火鸡佐填馅配菜。"

"吃着怎么样?"他这时会问,坐在椅子里急切地向前探着身子。

"糟透了。"我会说。

"很好,"他带着一阵窃喜,边说边欣然地咂巴着嘴,"我不理解她看上他哪儿了。他们就是两头蠢猪。绝配的一对儿。"

他会顿一顿,向后舒适地倒在椅子里,充满欣

---

① 填馅配菜(dressing)烤火鸡的填馅,通常在美国南部和中西部填馅被称为 dressing,而美国东北部和西海岸常用 stuffing 来描述。stuffing 的填馅是塞在火鸡体内烤制而成,而 dressing 则多为在火鸡体外,单独用烤盘或砂锅烹制成单独的配菜。亦有说法提到,因为人们认为往火鸡体内填入馅料的方式过于残忍,所以后来才出现了 dressing 的叫法和改进烹饪方式。

悦地抿上一口雪莉酒，然后会用他那双慵懒的、热带情调的眼睛，饱含满足感地看看我。

“那里的烤火鸡佐填馅配菜很糟糕吗？”他问道，“真有那么难吃吗？”

他脸上几乎要笑裂了。

“那个填馅是我吃过的最难吃的填馅，”我会说，“我觉得那玩意儿应该是用狗屎做的。我不知道怎么会有人吃得下那玩意儿。我就尝了一口，再也吃不下了。”

“真是有意思，”悉尼·格林斯特里特这时会说，“真是太有意思了。”

我会望向彼得·洛，这时候他在假装给一只绿色的大花瓶掸灰，瓶子上画着一个骑着马的中国人。

同样，他也会觉得我对于烤火鸡佐填馅配菜的评价是有趣的。

电波里的辛德瑞拉

我人正站在广播电台 WXYZ 门口,“电波里的辛德瑞拉”,琢磨着悉尼·格林斯特里特和彼得·洛,烤火鸡佐填馅配菜,这时候一辆凯迪拉克豪华轿车在我面前停了下来。正是今天早些时候,我走进停尸房从我身边开走的那一辆,车的后门顺滑地朝我打开。一位美丽的金发女郎,正是我曾撞见离开停尸房的那一位,正坐在轿车的后座上。

她朝我使了个眼神,示意我上车。

那是个忧郁的眼神。

她穿着一件裘皮大衣,那大衣比我认识的所有人的身家加起来再翻一倍还值钱。她微笑着,“真是太巧了,”她说,“我们在停尸房见过。世界真小。”

“确实是，”我说，“看来你就是我的——”

“客户，”她说，“你带枪了吗？”

“带了，”我说，“带上了。”

“很好，”她说，“非常好。我想我们会成为朋友的，很好的朋友。”

“你为什么需要找一个配枪的人？我需要做点儿什么吗？”我说。

“我看过很多电影的。”说着她露出了微笑。她的牙太漂亮了，简直是完美的牙，我不由得产生了自我意识，联想到自己的牙。我感觉我嘴里的，都是些碎玻璃碴儿。

开车的和早些时候是同一个人，还是那位司机，坐在驾驶舱，手握方向盘。他有个看着很有劲的脖子。从我上车以后，他就不曾回头看过一眼。只是直直地看着前方。他的脖子看起来能把斧子硌得卷刃。

“还舒服吗？”有钱的金发女郎说。

“挺好。”我说，这个情节我在电影里见过。

“克利夫兰先生。”她吩咐车夫，车夫脖子上的青筋抽动了一下，作为回应。

车子缓缓地驶进车道。

“我们这是要去哪儿？”我随口问道。

“去索萨利托喝杯啤酒。”她说。

这倒是有点儿出乎意料。

怎么看都不会想到她竟是个会喝啤酒的人。

“意外吗？”她说。

“没。”我撒谎道。

“你没有说真心话。”说着，她朝我露出微笑。那一口牙可真是要命了。

“好吧，是有一点儿。”我说。反正全都由她埋单。她想玩什么我奉陪到底。

“每次我说我想喝杯啤酒，人家总是感到惊讶。因为我的长相和穿着，他们都自然地以为我是那种喝香槟的女士，但所见往往是不可信的。”

当她提到香槟这个词的时候，车夫的脖子猛烈地抽搐起来。

“卡德先生？”她说。

“哦。”我把视线从车夫的脖子上收回来应道。

“你不觉得吗？”她说，“那么，你是一个会以貌取人的人吗？”

正如我说的，反正钱都是她来付，而且我希望她能付给我。

“跟你坦白讲吧，女士，对于你是个喝啤酒的人，我确实感到惊讶。”

“叫我安小姐就可以。”她说。

“好吧，安小姐，我很意外，比起香槟你更喜欢喝啤酒。”

司机的脖子再一次猛烈地抽搐起来。

这他妈的都是怎么回事？

“你是个爱喝香槟的人吗？”就在她刚说出香槟这个词的时候，司机的脖子又立刻抽搐起来。那抽动看起来实在是相当有力，如果在他抽搐起来的时候你伸手指去碰，他的脖子定能把你的手指头拧折。可得多加小心这家伙的脖子，不一般。

“卡德先生，你听见我说的话了吗？”她说，“你更喜欢香槟吗？是个爱喝香槟的人吗？”

那脖子又抽动了，像笼中暴怒的大猩猩。

“我不是，我喜欢波本，”我说，“石头上的老乌鸦[①]。”

此时，司机的脖子停止了抽搐。

“真逗，”她说，“那我们在一起会度过美妙的时光。”

“我们到底要干什么？”我说。

“先别着急，”她说，“我们有的是时间，慢慢你就知道了。”

从旧金山一路开到金门大桥，司机的脖子都很平静。我可以看到他的脖子很有潜力，在为了避免一些麻烦做出贡献。我思考了一下如果和这样的脖子发生矛盾会有什么下场。对于这个猜想，我是毫不乐观的。我还是尽量让注意力集中在脖子好的一面吧。如果我摸清楚门道，那脖子和我是可以成为好哥们儿的。

那脖子不喜欢“香槟”这个词。

---

① 石头上的老乌鸦（Old Crow），美国老牌威士忌品牌。

在将来，我会非常小心地使用这个词。

脖子喜欢“波本”这个词，所以这将是脖子以后会经常听到的词。

我碰上的这都是什么事儿啊?

我们驶进了伦巴第街[1]，继续朝金门大桥方向开，接下来不知道我又要面临什么事情。

---

[1] 伦巴第街（Lombard Street），旧金山有代表性的街区，以道路蜿蜒曲折著称。

史密斯·史密斯大战魅影奇侠机器人

开到金门大桥中间，坐在一位漂亮的富婆身边，富婆还配了个开车的体形庞大且状态非常不稳定的“大脖子”，全都通了：这就是我的巴比伦私家侦探系列的名字了。我给它取名叫《史密斯·史密斯大战魅影奇侠机器人》。这名字绝了！我简直高兴疯了。

“怎么了？”行驶的这段路，客户有好几分钟没吭声了，见状问道。

我几乎无意识地大喊出故事的名字，好在第一个字从嘴里冒出来之后，及时地反应过来，停住了。

“史密斯……”我说了出来，但拦住了剩下的词，头脑的大象一屁股坐在自己的舌头上。

“史密斯？”我的客户说。

司机的脖子看起来马上就要抽搐起来。我打死也不想让它再抽搐起来。

“我刚才突然想起来我有个朋友昨天过生日，我把这个事儿忘得一干二净，”我说，“我本打算送他个礼物的。他名字叫史密斯。人很不错。是个打鱼的，在码头那边有条船。我跟他儿子从小一起长大。我们是伽利略高中的同学。”

“哦。”我有钱的金发客户语调中带着一丝不耐烦地说道。她对听一个叫史密斯的渔民的事情不感兴趣。我猜测着，如果我说出本来差点儿就脱口而出的话，她会是什么反应：史密斯·史密斯大战魅影奇侠机器人。

我很想看看她要如何应付那种情况，应该挺有趣的。还好我只说了“史密斯”一个词。我可能就这么整丢了一个客户，或者更糟糕的，脖子哥可能就要动手了。

脖子哥这下放松了，只顾着驾驶汽车行驶过大桥。

随着浪，一艘货船正驶离岸边。

船的灯光在水中漂荡。

“我需要你去偷一具死尸。”我的客户说。

晨报

“啥?”我只说了这一个词,因为只需要问一个“啥”,这种状况下,其余任何的话都没有“啥”更恰当。

“我需要你去停尸房偷一具死尸。”

其他的,她什么都没说。

她有一双蓝色的眼睛。即使是在半黑暗的车里,也很容易看到那蓝色。她的双眼正盯着我。它们在等待我的回应。

脖子哥也在等待。

“行,”我说,“如果酬劳足够有诱惑力,就算是亚伯拉罕·林肯的尸体,我也能搞来,和明天的晨报一起放到你家门口的台阶上。”

这正是她想要听到的。

脖子哥也想要听到这样的回复。

“一千美元怎么样?”她说。

“你要能付一千美元,”我说,“我能把整个墓地都给你弄来。”

带着喝香槟的预算喝啤酒

这是索萨利托的一个小酒馆，从我们坐的地方能看到海湾对岸，旧金山的灯光闪耀，很美。

我的客户正在享用一杯啤酒。

她从喝啤酒中可以获得很大的乐趣。她喝酒的样子和你想象中不太一样。她喝啤酒，真是一点淑女的影子都没有，喝得简直像是个日结的码头工人。

她把裘皮大衣脱掉，里面穿的是一条凸显身材的裙子，那身材要命了。这一切都像是个通俗侦探故事。我简直不敢相信。

脖子哥在外面的车里等着我们，我这才能感到，跟她在一起有些许放松。如果我乐意，我可以不带恐惧地使用“香槟”这个词。那个词绝对是某种禁语。不能怪我总花那么多时间梦回巴比伦。那里安全多了。

“你要偷的尸体在哪里?”我边说,边看着这位打扮精致的有钱少妇,大口地吞着啤酒。然后打了个嗝儿。“你确实很爱喝啤酒啊。”我说。

“我是带着喝香槟的预算来喝啤酒的。”她说。

当她说到“香槟”的时候,我不自觉地环顾四周,找寻脖子哥。感谢上帝,脖子哥这会儿在车里。

“那么,接着说尸体的事儿。”我说。

“他们都会把尸体放在哪里?”她这话问得好像我是个迟钝的家伙。

“很多地方,”我说,“不过大部分都在地底下。干这个活儿我需要一把铁锹吗?”

“不需要,傻瓜,”她说,“尸体在停尸房里。这不才是符合逻辑的存尸场所吗?”

“是啊,”我说,“会放在那里。”

她又吞下了一大口啤酒。

我示意那位鸡尾酒服务生再给我们上些啤酒。

我这么做的时候，客户喝干了她面前的这一杯。我认为她刚刚创下了一项富婆喝啤酒的世界纪录。就算叫约翰尼·韦斯默勒[①]来，也未必能一杯啤酒喝得这么快。

服务生将另一杯啤酒端到了她面前。

我依旧在小啜着我那杯石头上的老乌鸦，这一杯还是我们刚一进来的时候点的。我最多也就喝完这杯。我并不是一个太能喝的人，偶尔喝上一杯，这就是我的量了。

她享用第二杯啤酒的时候，流露出和第一杯一样的喜悦。她说她是个爱喝啤酒的人，这话还真是不假。

“你觉得你能搞定从停尸房偷出来一具尸体这个事儿吗？”她说。

---

① 约翰尼·韦斯默勒(Johnny Weissmuller)，美国游泳运动员。其在役期间，曾获得过多个游泳项目的世界冠军，创造了28项世界纪录。他也是12部“人猿泰山”主题影片中“泰山”的扮演者。

“能啊，我能搞定。”我说。

这时，什么东西像是打靶场上的兔子一样，从我脑海里冒了出来。木头腿曾跟我说，这女人曾为了确定那死去的妓女是否是她的亲戚，前去他那里认尸，但又说那不是她要找的人，而且她看起来对这一切都很冷漠，就好像辨认尸体是一件她日常会做的小事罢了。

我想起了她离开停尸房的时候哭泣的样子。

事情越来越有意思了。

我假作轻松地说：“你想让我从停尸房偷的这具尸体是谁？”

“是谁并不重要，”她说，“那是我的事。我只需要你为我把它偷运出来。那是一具年轻女人的尸体。她在楼上的验尸间。那有一个墙体嵌入式的四格冷柜。她在最上面靠左边的那一格。她的大脚趾上有一个‘无名氏’的名牌。把她给我弄出来。”

“好的，”我说，“那我弄到手之后，送到哪里去呢？”

“我需要你把她运到一个墓地。”她说。

"再简单不过，"我说，"反正最终尸体都会到那种地方去的。"

我又给她点了一杯啤酒。她已经把第二杯喝完了。我此生还从没见过一杯啤酒能喝得如此之干净、如此之快的人。她简直是在呼吸啤酒。

"谢谢你。"她说。

"尸体你什么时候要？"我说。

"今晚。"她说，"圣安息墓地。"

"听起来这就得动手了。"我说，"我能问问你打算怎么处理它吗？"

"哎呀，机灵鬼，"她说，"一具尸体运到墓地，你觉得会做什么？"

"好吧，"我说，"我明白了。你需要我带上一把铁锹吗？"

"不用，"她说，"只需要把尸体运到墓地，剩下的由我们来处理。你只需要把尸体给我们弄来。"

当她说"我们"的时候，我认为构成"我们"的另一个因素应该是脖子哥。

我又给她点了一杯啤酒。

铁砧工厂里发生了地震

“现在七点半了，”她说这话的时候，我们正坐在豪华轿车的后座上，还是脖子哥开车，返回旧金山。

“我需要尸体在夜里一点钟运到墓地，”她说得十分简洁，丝毫看不出她以破纪录的速度灌下肚的那六杯啤酒会对她造成任何影响。

“好的，”我说，“如果我迟到了，你们可以先进行你们的。”

脖子在前排抽搐起来。

“开个玩笑罢了。”我说。

“尸体要准时在夜里一点运到，这十分重要。”她说。她坐得离我很近，然而从她的呼吸里闻不到一丝酒气。不仅如此，喝完那六杯啤酒，她直接就回到了车上，连厕所都没上。我琢磨着那些啤酒都跑哪儿去了。

“放心吧，”我说，“我会按时将尸体送到那里的。”

“好。”她说。

我在开口之前又一次停顿了一下。我希望能使用恰当的措辞，不希望有任何潦草或欠妥的话从我嘴里冒出来。

“我需要一半的预付费，”我说，“另外，我还需要三百美元作为办事开销。还是有些人需要打点的。我想你也能理解，毕竟是从停尸房窃取一具尸体，这可不是什么驴都能拉得转的磨。对市政厅来说，会格外介意丢失尸体这种事。人们很容易产生疑问。需要花钱让他们获得答案。”

“我理解。”她说。

我端详着她。

那些啤酒他妈的跑哪儿去了呢？

“克利夫兰先生。”她对着正在开车的脖子

喊道。

脖子哥将手伸进大衣口袋，掏出了一卷钞票，然后向后递给我。那一卷恰好就是一百元面值的八百美元，好像他们可以看透我的心思。

“这还令你满意吗?”她说。

当那些钱递到我手里的时候，我差点儿晕了过去。距离地球最近的那颗恒星，也是有很长的一段光年的。距离上次我有收入，也就是那次车祸的赔偿金，已经隔了天文数字的时间了。

这绝对是我人生中一次上坡路的起点。此时车子正驶过金门大桥，我整个人简直不能再开心了，得到这么一大笔钱，我唯一需要做的，就是去偷一具尸体。

然后脖子哥第一次说话了。一个声音从脖子的前方传来，脖子哥甚至都不屑将头转过来冲着我，那声音听起来就像是在铁砧工厂里发生了地震。

“不要搞砸了，”脖子说，“我们要那具尸体。”

旧金山的私家侦探

我没把“脖子”太当回事。不就是窃取死尸吗？并不是什么太艰巨的任务。那简直是易如反掌，容易到可以直接把我送进墓地了。

当我们经过收费站的时候，我感觉棒极了。

身处世界之巅。

又有钱了！

这下我可以偿还一些债务了，还能重新拥有一间办公室，可能拥有一位兼职的秘书。甚至有能力搞一辆旧车四处转悠。

在当时来说，这一切都再好不过了。我正通过玫瑰色的镜片看这个世界。我已不再烦恼想搞清楚，那六杯啤酒进入我那美丽客户的身体，消失到哪里去了。反正是到某个地方去了。知道这些已经够了。

一些想法出现在我甚是满足的头脑里。

实在忍不住想问。

“话说，”我说，“你是怎么打听到我的呢？我的意思是，在旧金山，比我有名的私人侦探有很多，你为什么选择了我？”

“你是唯一一个我们可以信任的，去帮我们窃取尸体的，”富有的金发女郎说，“其他侦探都多少有些顾虑，你没有。”

很显然是这样的。

我一点都没被冒犯到。

我也没什么值得藏着掖着的。

“你是从哪里打听到我的呢？”我说。

“我有我的渠道。”她说。

“别搞砸了。”“脖子”说。

提前练习

我让他们把我送到了一处时髦公寓，那里距离我住的地方还有几个街区，门口还有门童侍者。我告诉他们我住在这儿。

他们靠边停了车，车就停在了公寓门口，我下了车。门童好奇地看着我。

“谢谢把我送到家。”我说。

我下车的时候，“脖子”扭过头来冲着我说话了。“你为什么要在这里下车？”它说，“你又不住在这里。你住在几个街区外的那个耗子窝。也许你需要提前适应一下。我们不关心你住在哪儿。我们要看到夜里一点整，那具尸体准时出现在圣安息墓地，这是我们关心的。”

我哑口无言，站在那里什么都说不出来。

他们到底是什么人？他们怎么会对我这么了解？我可不觉得我有那么出名。

“我先预习一下，”我总算说出话了，“有天我会住在这里的。”

“脖子”又说话了：“你别给——”

“是是是，”我说，“别搞砸了。”

“晚点儿见了，卡德先生。”时髦的金发女郎对我说道，她那妖娆的身躯里，不知道什么地方藏着六杯啤酒。

车子缓缓地开走了。

我目送着他们一直到街拐角，然后消失了。

门童这时扫起了人行道。他紧贴着我扫。我便走了。

私家调查探员 C. 卡德

我还没给我妈打电话呢。

这会儿她已经从墓地回去了。

我最好还是早点把这件事处理了。况且,之前从她那里借的钱,我现在有能力答应她偿还了。当然我是不会把我的报酬实情吐露给她的,毕竟她想要的数目可比我打算还的多多了。

我现在十分想要有间办公室,再招个秘书,搞辆车。我妈就再等等吧。她已经习惯了。拿到那笔钱,她也是会放进银行。在这世上,银行是最后一个我希望我的钱会安放的地方。

我需要一间这样的办公室:

C. 卡德

私家调查探员

金闪闪挂在门上。

我还需要一个美丽动人的秘书为我做速记。

亲爱的库比蒂诺先生:

谢谢您，为找回您女儿额外付的五百美元奖金。很高兴能和您这样一位绅士打交道。如若您的女儿再失踪，你知道上哪儿能找到我，下次一定给您免单。

诚挚的

C. 卡德

我还需要一辆车，这样我就不至于连鞋都戳了窟窿眼儿，还在城里到处转悠了。作为一名私家侦探，步行或是搭公交车，实在是有失身份。

跟客户会面的时候，作为一名私家侦探，衬衣口袋里还支棱着半截月票，会让客户不舒服的。

不过现在，我最好先给我妈打个电话。

我步行到了几个街区外的一个电话亭。

投进去一枚钢镚儿，然后拿起电话听筒。电话里没有拨号音。我按下退币键，但是我的硬币留在了电话机里。我按了按电话的挂机键。听筒里依然是一片沉默，只有沉默没有金子。我的钱就没了。

什么破玩意儿！

这下，我身上一枚硬币也不剩了。

又让大公司给坑了。

我攥起拳头猛捶了电话机好几下，以充分表达没有人的钱是可以白白被抢的，至少得还击一番才行。

离开电话亭，我往前走出去半个街区远。

回过头去，充满愤怒地看那个电话亭。一位老人站在电话亭里。他手拿着听筒，正在和电话里的人讲话。

倒霉的总是我。

我想知道这老头是在用他的钱通电话，还是以某种完全不公平的方式在使用我的那枚硬币打这通电话。

在这种情况下，唯一能让我心里平衡的，是想到如果他是在用我的那枚硬币通电话，我希望他是由于遭受痔疮惨烈的折磨，打电话给他的医生，以寻求一些安慰。

这是在这令人不快的局势里，唯一能想出的让我占到便宜的方式了。

我转过身来，往克雷街的公交车站走去，准备搭公交车去停尸房。本来也可以叫一辆出租车，不过我还是决定坐公交车过去，以此作为对巴士出行日子的告别，因为今后，我再也不必搭公交车了。

这就是最后一次了。

有一位年轻女士在等公交车。

她长得还不错，于是我决定实习一下我才晋升的富裕身份，朝她展示了一个大大的微笑，并道了声“晚上好”。

她并没有回应我的微笑，也没有回应我说“晚上好”。

她很紧张地转过身，后背冲着我。

突然巴士车在一个街区以外的地方隐约出现。

一分钟后，我已经坐在车上，折返回停尸房去了。我是第一个上车的，在第一排找了个座位坐下，那位年轻女士去了车尾。

我一向不是个受女性欢迎的人，不过只要我偷到那具尸体，拿到剩下的酬劳，这一切都将改变，我将成为旧金山最有名的私家侦探，岂止旧金山，整个加利福尼亚，不，全美国。怎么能安于一州一地呢？要做就做全国第一。

我已经有了一个万无一失的窃尸计划。

不会出差错的。

简直完美。

于是我踏实地坐进我的座位里，开始梦回巴比伦。我的头脑毫不费力地便滑落到那一边。已不再是在公交车上，我人在巴比伦了。

第一章：史密斯·史密斯大战魅影奇侠机器人

在那诊所的下方——深藏于实验室地下间的密室，阿卜杜·福赛斯博士引诱那些生病的人改造成魅影奇侠机器人的地方，他正将一副已经改造成魅影奇侠的躯体，从他那邪恶的改造密室中挪出来。

“这一个可真不错。”他边说边体会着魅影奇侠的手感。

“您是个天才！”他的狗腿子罗沙站在博士身边，看着魅影奇侠说道。称赞了他的手工技艺后，罗沙从阿卜杜·福赛斯博士手里接过魅影奇侠，并将他放在了魅影奇侠堆里。那一堆奇侠足有六英尺高，成千上万地堆在那里。而实验室里，还堆着差不多有一摞魅影奇侠。

福赛斯博士现在拥有的魅影奇侠，已经足够制造一次足以笼罩一个小镇的人工之夜了。他唯独还缺一样东西，让他的计划得以实施。那一剂配方便是水星水晶，发明者弗朗西斯博士，是一位致力于为巴比伦的善业贡献一生的人道主义博士。他和他美丽的女儿辛西娅一同住在伊什塔尔门附近，辛西娅还有一个同父异母的姐妹叫娜娜迪拉特。

弗朗西斯博士发明这种水星水晶是为了给他建造的火箭飞船提供动力，让飞船能飞往月球。

罗沙将一个魅影奇侠放在魅影奇侠堆里之后，回到他的邪恶主人身旁。那个魅影奇侠是个不幸的编鞋匠，原本来诊所是为了看看肢体酸痛的问题，结果再也没能离开，最终成了这邪恶计划中的一部分——一个魅影奇侠。

“现在我该做什么，老大?”罗沙说。

“水星水晶，” 阿卜杜 · 福赛斯博士说，“然后我们的大项目就可以启动了。”两人一同邪恶地大笑起来。从他们大笑的样子不难看出，他们即将投身的，是不会保障晚年生活舒适的一种项目。他们要做的事，不会回报养老金的。

快枪艺术大师

我突然意识到自己身在何处，仿佛西部牛仔片里一位拔枪神速的快枪艺术大师，我的手飞起来拉动了信号绳，叫停了车子。差点儿就来不及了。

晚几秒钟的话，我就要坐过站了。

梦回巴比伦是个颇为棘手的活动。

一个没测算精确，人就到几个街区开外了。

所幸，这将是我的最后一趟公交出行了，以后我就不需要再担心坐过站了。感谢上帝。有一回，因为梦游巴比伦，我一气儿坐到了终点站，又没有足够的钱再坐回来，即使我跟司机解释身上没钱了，还撒了个谎说自己是睡着了，他还是不肯让我免费乘车回去。

“你这种故事我听得多了,”他对于我的窘境丝毫不在意,“我的车可不收故事当车费的。我收的是钱子儿。如果你一个钱子儿都没有,那就从我的车上滚下去。规矩不是我定的,乘车需要付五美分。我只是个打工的,赶紧滚下我的车吧。”

听着这个婊子养的一直说“我的车”让我不爽,说得好像车是他的一样。

“公交车是你的吗?”我说。

“你什么意思?”他说。

“我意思是,这车归你吗?你一个劲儿地说‘我的车’,所以我想可能你他妈的拥有这辆公交车呢,下班了把车带回家搂着它睡觉。说不定你还跟这破车结婚了。公交车是你老婆。”

我没有机会说更多的话了,因为那个巴士司机从他的座位上,一拳把我敲晕过去,扬长而去。过了十分钟我才回过神来,正坐在人行道上,靠在一家药店的门口。

不是要给公交出行画上一个完美的句号吗?我一下子醒了。有条小狗正在往我身上尿尿,可能他觉得我看起来像消防栓。无所谓了，这样的日子结束了。我口袋里装着八百块钱，这将是我最后的一次公交之行。

我下了公交车，回过头朝司机嚷着“操你妈!”的时候，司机一脸困惑。他活该。再没有狗能在我身上撒尿了。

食尸鬼

在我走进停尸房的时候，有两个人正一头一尾抬着一个很大的袋子往外走。不知道袋子里装的是什么，看起来很沉。他们行色匆匆。停尸房的门口并排停放（double park，与停车位平行违章停放）着一辆车，后备箱是开着的。他俩将袋子放进后备箱，关上盖子开走了。肯定是很着急，车子开走的时候，后轮胎摩擦出刺耳的声音。

我大致想象了一下袋子里装了些什么。此刻从停尸房往外抬东西实属有点儿太晚了，很显然事出有因，因为就在刚刚，他们就是这么做了。我再次走进停尸房去找木头腿，四处不见他。他不在验尸间，也没在楼下的“冷冻储藏室”和他痴爱的僵尸们在一起。我又绕回前厅，正好碰见木头腿从大门进来。他手里捏着个纸袋子，一瘸一拐地往我这边走过来。

“呦，”他说，“我是不是眼花了，你跑回来做什么？来找个和你的舞技一样烂的舞伴吗？别说，我们这儿还真有。死人跳起舞来的样子，快能比上你糟糕的舞姿了，‘探子’。”

这是个木头腿很喜欢重复的玩笑，他总要提起这件事儿。我俩曾有一次，约了两位速记员进行四人约会，一起去跳舞。我一向是个跳舞很糟糕的人。他觉得观看我努力和一个笨头笨脑的红发女人跳舞，是很有趣的一件事。

当然了，木头腿是个出色的舞者。这件事总惊艳到众人。通常，他的舞姿会引发整个舞池都完全停下来，所有人都站在原地观看木头腿跳舞。大家简直不敢相信。我跳舞的时候，没人在意。

甚至有人提出建议，让木头腿去开一间舞蹈教室，像亚瑟·默里[①]那样。

我也挺期待的。

“你那袋子里装的是什么？”我说道，试图把话题从我的舞技上转移开。

“三明治和一口也不给你。这是我的晚餐。话说回来，你又跑到这里来做什么，‘探子’？你是带来我的枪了，还是带来你欠我的五十块钱了？我真希望是如此，不过我打心眼里不太相信会是这样。”

“不是，”我说，“我给你带来了一个商业提议。”

“你已经太穷了，不配提什么商业，”木头腿说，“说吧，你到底要干吗？”

“我没开玩笑，”我说，“我这有个货真价实的活计，资金保障已经到位。”

“还资金？”他说，“就你？”

---

① 亚瑟·默里（Arthur Murray），20世纪美国著名的交际舞舞者，之后以舞蹈教学取得了不小的商业成功。曾有各界名流人士前往亚瑟·默里开设的以他名字命名的连锁舞蹈教学工作室学习舞蹈。

“是的，我的新手霉运已经结束了。接下来就是一路看涨，所向披靡。”

“你的酒量我是知道的，‘探子’，还是少喝点儿吧。妈哟。先是什么，珍珠港吧，现在又什么商业提议了。还有啥？先来我办公室，我们再谈。话说前头，你小子最好不是来扯我后腿的，不然的话，我让你扎一手木刺儿。”

木头腿说的办公室，就是验尸间里的一张写字台罢了。

木头腿熟练地操着他那条木棍子往前移动，我跟在他身后。

“对了，”我突然想起那两个抬着袋子出去的男人，“几分钟之前，你这里是不是有人来抬走了一些东西？”

“你在说什么？”木头腿说。

“有两个人刚从这里出去，抬着一个大袋子，袋子装得满满当当。”

“没有，”木头腿说，“不该有任何人来提东西的。这会儿已经太晚了。难道旧金山市区乃至郡里都遭打劫了吗？他们能拿走些什么，从停尸房能他妈的偷到些什么呢？这地方就这么一样东西。我的意思是，这里又不是杂货铺。”当他讲到这儿的时候，停住了，神情严肃地望着我。他搓了搓下巴，叹了口气。

“正如我所说，”他说道，“我们这里只有一样东西，而现在估计是少了一件。”

“你也在想和我一样的事情吗？”我边说边思考着。

“没错，”他说，“有食尸鬼。”

冷酷无情的钞票

我俩走回木头腿的“办公室”——他的验尸间。

我们走进那里，木头腿在一个墙体嵌入式冷柜前停了几秒钟。那是一个有足够空间能装下四具死尸的迷你冷柜。其余的尸体存放在楼下的大冷库里。存放在楼上的这些是特别的。具体的我不知道为什么，从没打听过，我也不关心。

我以为木头腿会去检查冷柜，看看里面是否丢失了一具尸体，然而他却踱到办公桌前，坐下来，从纸袋里掏出了三明治。他向咖啡壶的方向移动，咖啡壶在他的一侧，放在写字台上的一块加热板上。“你自己拿个杯子，”说着，他朝着解剖用水槽移动，边上放着几个杯子，“你顺便也帮我倒一杯。我要趁着三明治还热乎把它吃了。”

“丢失的尸体怎么说呢?”我边问边挪到水槽边拿杯子。

“反正我的三明治凉掉的工夫,那东西也不会回来的。我点热三明治可不是为了放凉了再吃。你明白我的意思吗?”

“明白,”我说,“我明白。我只是在想,谁会从停尸房偷走一具尸体呢?”

“告诉过你了,”木头腿说着,咬了一口培根、生菜和番茄——那是个老式 BLT 三明治——嘴里塞着三明治使他吐字不清,不过我还是听明白了。“食尸鬼,”他说,“但是他们为什么他妈的不能去墓地搞尸体呢?为什么非要拿我的?”

“也许比起已经腐透的,他们更想要一具比较新鲜的。”我说。

“听起来合乎逻辑,”木头腿说,“你说的一定程度上也对。”

我倒了两杯木头腿的咖啡,抿了一口我的那杯。液体触及我的味蕾,弄得我龇牙咧嘴。用棒球棒重捣口腔与喝他这咖啡有相同的效果。

“这咖啡能让人死而复生。”我说。

“别以为我没这么想过，”木头腿说，“尤其是今天早上他们抬进来的那个小婊子。”

“你说的是，之前我来的时候看见的那个，你已经准备好要搞的那个吧？”我说。

“我才不那么想，”木头腿说，“我不知道你是怎么会有这种想法的。只能说我是个人体爱好者。我喜欢它的轮廓线条。”

“换个说法而已，”我说，“从我的角度看，你当时离干她只差五秒钟。”

“所以，你又跑我这儿来干什么？”木头腿转移了话题。

“我告诉过你了，”我说，“我给你带来了一个商业提议，能让你赚到钱。”

“什么叫让我赚到钱？”木头腿说。

“你已经欠我些钱了。你打算什么时候还些钱？这笔钱是我感兴趣的。”

“立刻。”我边说边把手伸进衣兜。我早有准备，跟他合伙做事之前，得先把欠他的钱还上。

“这是一百块，”说这句的时候，我挺享受，“现在你还欠我一些钱，‘死人保管员’。”

木头腿简直不敢相信他黏糊糊的手里攥着一张百元大钞。他紧盯着钞票，好像在看一张奇迹。突然他变成非常开心的木头腿了。

“这一定是真的。这不是幻觉，因为我的手能感觉到它的存在。你的商业提议是什么？”木头腿说，“我还想要更多的这玩意儿。我相当清楚，我要把它花在什么地方。”

“我这儿还有另外两百块在等着你。”我说。

“万岁！”木头腿说，“我需要做什么？”

“你有辆车，对吗？”我说。

“是啊，有辆老普利茅斯，”木头腿说，“你知道那车。怎么呢？”

“我要借用一下。”我说。

“就当是自己的车，老兄，”木头腿说，“那两百块钱呢？这是我赚到的最轻松的钱。”

“我想要的还不限于此，”我说，“还有一些事。

我还需要把它放在后备箱里。”

“我帮你，”木头腿说，“那么票子呢？”

“你难道不想知道，我想让你帮我放在后备箱里的是什么吗？”我说。

“看在两百块钱的分上，你要往后备箱里放什么我都不在乎，”木头腿说，“我会帮你的。包在我身上。钱呢？”他开心地盯着手里攥着的一百块钞票。

“拿去。”我说。

“什么？”木头腿说着抬起眼睛。

“我想放到后备箱里的东西就在此地。”我说。

木头腿一脸疑惑。他细思量了一下，并没花太长时间。我能看出来，他的思绪已经很接近我想要的答案了。然后，他想到了。

“到底他妈的是怎么回事？你该不会也在想我在想的事吧？”木头腿说，“不行，同一晚上不能丢两个。你来说服我一下。”

“你说的对，”我说，“这是个奇怪的世界。我受雇来偷一具死尸，而他们想要的那个就在你这里。”

“他们要拿具尸体做什么?”木头腿说。

“寂寞吧,我猜。我不知道,”我说,“这就是他们的事了,只要我手掌里那些绿票子上的眼睛还盯着我,我才不管那么多。你对那两百块钱还感兴趣吗?”

“当然,”木头腿说,“我也不管了。今天我已经丢了一具尸体了,连半毛钱都没留下,哪怕一句感谢呢。反正丢了,一个也得解释,两个也得解释。我听你的。让我见到那两百块,这里你随便选。”

我把两百块给了他。

他喜出望外。

“随便选,”木头腿说着,手里攥着钞票在空中挥出一个巨大的圆圈,“任君选择,你想要什么就拿什么。”

“很抱歉,我可能要拆散你的姻缘了,”我说,“希望我没让你伤心,不过会有人取代她的位置的。总有女人死的。”

“噢别!”木头腿说,“不能是她,她可是我的最爱。”

“抱歉了，哥们儿。”我说。

他摇摇头。

“我帮你把她抬过来。”木头腿说。

“你真令我吃惊。”我说，“为了冷酷无情的钞票出卖你的心头肉啊。你怎么做得出？”

“轻松，”木头腿说，“她也很冷酷的。你不在的时候，我们已经把她解剖了，心头那块肉已经摘了。”

时间可以治愈一切伤痛

木头腿吃完了他的 BLT 三明治。

“我们来抬你要的尸体吧，”他说，“真不愿看她离去。这么多年来，她是我这里最漂亮的死尸。”

“你会挺过去的，”我说，“时间可以治愈一切伤痛。”

“不可以，”木头腿说，“但两百块可以。”

“她在什么位置？”我这么说，假装我不知道。别问我为什么这么做。

木头腿指向验尸间里那个盛四具尸体的冰柜。“上层左边。”他说。

我走到冰柜跟前，打开上层左侧的门，开始往外拉托盘。

“不对，是在上层右边，”木头腿说，“我给她换位置了，差点儿忘了。她是在上层右侧。”

“确实是。这边的位置啥也没有。”我说。我刚要告诉木头腿，他抢先说了。

“什么？”木头腿说着走到冰柜跟前，“这里应该有一具尸体。几个小时前我才放进去一具。到底他妈的是怎么回事？”他探到里面去看，就好像是那东西能藏在里面，伸进去就能找到似的。“完犊子！我去取我的三明治的时候，这里面还装着一个离婚的女人，现在就没了。她是今天下午了断自己的。开着煤气爬进烤箱里去了。她跑哪儿去了？我是说，她已经死了呀。”

“这就是你的事了，”我说，“我刚付你的两百块是为了那个死了的妓女，她才是我要的。她应该在右边这个格子里吗？你确定吗？”

“是的，”木头腿边说边为不在场的离异女尸摇着脑袋，“在这儿呢。”他拉出托盘，揭开单子，她出现在那儿。“瞧，值那两百块钱吧。但是另外那具尸体哪儿去了呢？个把小时之前她还在这儿呢。

现在就没了。这鬼地方到底他妈的是怎么回事?”

突然,一个念头出现在我的脑海里。

谢天谢地不是关于巴比伦的。

“等一下,”我说,“我敢打赌,刚才那两个人从这里偷走的就是她。”

“我觉得你是对的,‘探子’,”木头腿说,“你是对的。只可能是这么回事了。他们偷走了离异女人。为什么会有人想要她的尸体?她长得可丑了。一个酒鬼。想不明白怎么会有人想要她。她真是一团糟。我觉得她钻进烤箱里,是帮了自己一把,也帮了这个世界。”

有趣,我想了想。事情看起来并非表面这么简单。我猜,有可能是那两个人拿错了尸体,他们本来要偷的是我要找的这一具。

事情开始变复杂了。

也有可能打一开始这件事就没有看上去的那么简单。突然我感到十分庆幸,兜里有了一把枪,而且装了子弹。谁知道呢?这把枪可能真能派得上用场。

是的，今晚将是充满未知的长夜，我还是保持警惕为好。首要任务还是完成别人花钱雇我做的事，把尸体从停尸房偷走。当那些人发现他们拿错了尸体时，他们可能会回来找对的那一具，那时候可能就不太妙了。

《杰克·本尼秀》[①]

“我们把玩意儿弄出去吧。”我说。

“‘探子’你给我听着，”木头腿说，“不许你对她这样讲话。她比你更不想死掉。明白吗？”

我把木头腿惹毛了。

“我道歉。”我嘴上这么说，其实并不感到抱歉。只是想敷衍了事。

“我去找个东西把她装进去。”木头腿这么说，

① 《杰克·本尼秀》(The Jack Benny Show)，是一档由杰克·本尼主持的广播电视喜剧系列节目。该节目曾播放长达 30 多年，是 20 世纪美式喜剧典型的代表节目。在节目中，杰克·本尼扮演的角色通常是一个才华有限的音乐人，而且是个小气鬼，是用来充当笑料的。

是聊以自慰。

“你的车在哪里?”我说。

“停在街对面,”木头腿说,“我一直都停在街对面。”

他踉跄着踱到壁橱前打开门。里头有一个死尸污秽衣物形成的小丘,小丘旁边有一个已经装满的脏衣袋。

“该死!这帮浑蛋把我的脏衣袋也偷走了。”木头腿说着,打开那个脏衣袋,把里面的东西都倒在旁边那堆上面。“这样就是他们偷走了两个脏衣袋,”他说,“反正,在你朝我下巴抡一拳之后,我是准备这么跟警察交代的,这样在此次闹剧中,我就有了一个不错的不在场证明。我会跟他们说,有两个尸体抢劫犯打劫了冰柜。我奋力抵抗,但是他们把我打晕了。说不定因此我还能获得一枚勋章,市长前来跟我握手,握住我冰冷的手。”

我们将年轻妓女的尸体放进脏衣袋。

木头腿在把她折叠起来这件事上做得不错。

“做这事儿,你还挺在行的。”我说。

“那确实，”木头腿说，“去年我还获得了处理第一万具尸体的金表呢。”拉起抽绳，脏衣袋在她的头顶收口之前，他在她头顶轻拍了一下。

“再见，宝贝儿，”木头腿说，“我会想念你的。”

“别担心，”我说，“很快你就会再见到她的。”

“搞笑男，”木头腿说，“你应该去上《杰克·本尼秀》。”

来自奥克兰的一杯奇怪的糖

木头腿帮着我一起把那女人抬出来送往他的车。我俩拎着她的时候，我在微笑。

木头腿好奇地看着我。“有什么小秘密吗？”他说。

“我在想，”我说，“看来有不少尸体是装在脏衣袋里从这个地方弄出去的。如果保持现在的这个速度，这周结束的时候，你的尸体就丢光了，而作为一个颇受尊重的大城市停尸房，你可能要从奥克兰借一些过来了。”

“就当我没问。”木头腿说。

尸体在我俩中间，我俩正抬着过到马路的中央。

木头腿打开他的车后备箱，我们将尸体放进去。他盖上盖子，把钥匙交给我。

“嘿，我的枪呢，怎么说？”木头腿说，“你什么时候还回来？他妈的这鬼地方到处都是偷尸贼跑来跑去的，包括眼下的你我，我需要我的‘加农炮’。我不知道接下来那地方又他妈的要发生什么事情。”说这话的时候，他头往停尸房方向转了一下，那个在如此短的工夫，眼看尸体要丢光了的地方。

“借枪包含在那两百块钱里，”我说，“我明天还车的时候会一起还给你的。”

“你这价砍得可够狠的。”木头腿说。

“难道你现在想要回尸体？”我说。

“不用了。”

“在女人的事情上你一向变幻莫测，”我说，“你确定你不想要回她吗？”

“她是你的了，”木头腿说，“我要拿着那两百块钱，挑一个活的婆娘买。”他开始穿过街道往回走，突然他停住了脚步，那有一只是木头脚的脚步。“嘿，”他说，“你忘了要给我下巴来一拳。我的不在场证明，不记得了?”

“行啊，”我说，“把你的下巴凑过来。”

我在他下巴上来了一拳。

他的头向后闪了四英尺远。

“这下可以了吗?”我说。

木头腿揉着他的下巴。

“嗯，这下可以了。谢了，‘探子’。”

“甭客气。”

他跛着脚回到了停尸房。

华纳兄弟

我坐进车的前排座位，将钥匙插进点火开关。剩下要做的就是随便开车兜几圈，打发掉在夜里一点以前剩下的时间，夜里一点是我约定的，圣安息墓地送尸时间。

我还没来得及点着车，一辆车在我的对面停了下来，从车里下来两个人。他们看起来很生气。样子挺眼熟。我认出了他们，就是刚才偷走了离异女人尸体的那两个人。

他们看起来相当不高兴。

驾驶位还坐着第三个人。

当那两个人下了车，他就把车开走了。

那两个家伙步态颇有商务范儿，迈着华纳兄弟黑帮片人物的步子，走进了停尸房。他们可不是闹着玩儿的。

其中一个家伙块头很大，方块身形。

他看起来像是块长了腿的火腿。

看来，木头腿这下可真要为他挣的两百块钱，好好付出一下了。

我驶离了此地。

猎户座巴比伦特快列车

在《史密斯·史密斯大战魅影奇侠机器人》里，来一场停尸房的戏应该是不错的。我一边驾车经过哥伦比亚大街，那姑娘的尸体安全地躺在车的后备箱里，一边开始琢磨。

我可以想象出娜娜迪拉特跟我走进巴比伦的市停尸房，去指认一具尸体。那是在夜里，巴比伦在雾色中，我们正走在去往停尸房的街上。还有一个街区就到了。

“你不用非这么做不可，”我说，“场面可能会挺灰暗的。那个人是被火车撞死的，剩不下太多可辨认的了。也许你会更希望在外面等着我。”

“不要，”她说，“我想跟你在一起。只要我办得到，我不想让你离开我的视线。你知道我对你有多着迷。你是我的男人，我的大人物。那个人就是被三趟猎户座巴比伦特快列车撞了，我也不在乎。”

娜娜迪拉特着了魔地迷恋着我。

“好吧，”我说，“不过我可提醒你了。”

“六趟猎户座巴比伦特快列车我也不在乎。”娜娜迪拉特说。

真是个好姑娘！

对于巴比伦的私家侦探来说，哪还能有比这更优秀的秘书。

身陷混乱的搭档

啊，糟糕……再见，巴比伦。

我把车在联合大街掉了头，返回停尸房。我尽量尝试了，不过我还是无法把老木头腿就这么丢下，任他变成那帮暴徒的消遣。

木头腿在停尸房的街对面的那个停车位没被占用，于是我就停在那里了。我四处看了看寻找暴徒的车，并不在视线之内。我像香蕉皮的影子一般，从车里滑了出来，迅速又近乎隐匿身份地进入停尸房。

我的手放在口袋里的枪上，手指扣在已上膛的扳机上。我准备要来硬的了，而且我也想得到答案，为什么他妈的这些家伙从停尸房偷尸体。我很快就要知道是怎么回事了。

这是私家侦探本来该做的事情，以及如果需要动粗，按照传统来说，也是完全合情合理的。

我从大厅往验尸间走，到一半，听到撞击声和一声呻吟。这帮浑蛋已经在折腾木头腿了。

他们会为此付出代价的。

我站在关着的门外，手里攥着枪，准备冲进去给这帮家伙个下马威。我又听到一声呻吟，然后又是碰撞声。安静了几秒，紧接着一声吓人的尖叫——

啊！

这从地狱传来的声音，便是我该闪亮登场的提示音了。

当我冲进验尸间的时候，在我眼前的场面颇为壮观，像是打开了一张奇特的迎宾贺卡。首先，木头腿正坐在他的写字台前，手里端着一杯咖啡。他放松而镇定得像根黄瓜一样。我蹿进房间甚至都没惊扰到他。

“欢迎来到这场派对，”他口气像是主办人，肢体示意着房间里在发生的活动。又是一声令血液凝固的尖叫，“啊！我不要再进去了啊！老天爷啊！啊！啊！”

这伙人其中一个倒在验尸间的角落里。他已经完全失去意识，样子看起来像是为了越冬已经进入休眠。

林克警长正站在死尸冰柜其中一扇开着的门旁边。第二个暴徒正戴着手铐，躺在冰柜的托盘上。他是一直在尖叫的那个。他整个人有百分之九十被推进了那个为死人准备的冰柜里，而他对此完全不在乎。唯一能看见的是，那家伙脸上的表情，完全吓惨了，濒临崩溃的边缘。

“啊啊啊啊啊啊啊啊啊！”他尖叫着。

“我再问一遍，”林克警长说，“你们到底他妈的在干什么，跑这儿来偷尸体，还想要毒打停尸房工作人员？这些人可是我的朋友。”

“我所有事都告诉你，求你别再把我弄进去和死人在一起了。”那歹徒说。他说的是有道理的。那里确实不是一个令人愉快的地方。很显然，我是不想体验他的处境的，现在他所处的环境一定很冷。

林克警长将他往外拉出来一截，能看到腰带了。

“现在这样好点儿吗？”他对那歹徒说。

“是的，感谢你。”那暴徒脸上立刻展开了放松的欢喜神态，回应着问话。

“好的，臭虫，说吧。”

林克警长是出了名的下手狠毒，他对自己的这个口碑也是践行到了百分之百。我实在不得不钦佩他。很遗憾，我和他一同报考警察学院的时候，还是巴比伦占了上风。不然我们可能就是搭档了。我总愿意这么想。

嗯，好吧，我也很喜欢巴比伦。即使给我造成了一些困扰，我也从没后悔过总是梦回巴比伦。

林克警长在审问暴徒，十分投入，对于我持枪跑进验尸间，都没反应，抑或他认出我来了，只是我不值得他动用即时的关注。

但现在他正看着我。

他把他的注意力从刚刚变成金丝雀的那个大

猩猩身上，转移了过来。

“我是受人雇用来……”暴徒刚开始讲。

“闭嘴，你个蟑螂。”林克警长说着，将注意力转移到我身上。那个“蟑螂”闭嘴了。他并不想和那一晚不知何故避免了被偷走、为数不多的还在停尸房里的那些尸体，在冷柜里一同度过这一夜。

“嗨，卡德，”林克警长说，“为什么你有枪？而且，你他妈的也跑到这来干什么？”

“我来看看‘木头腿’，结果听见你们这里动静挺大的，”我说，“我就知道一定是出什么事了，因为这地方是存死人的，死人并不是出了名的爱闹乱子，所以我做好了要动手的准备。发生什么事了？”说着，我暗自向上帝祈祷，木头腿可别已经抖搂了我的秘密，说出我也是其中一个，从这里刚偷走了新鲜尸体，还开心地放到车后备箱里的人。

“逮到了几个食尸鬼，”林克警长说，“他们从木头腿这里偷走了两具尸体，然后他们又回来，准备偷更多尸体，居然还想对他动手。婊子养的。我正给他们上课呢，教教他们犯罪该有的下场。”

他随手把那歹徒推回冷柜里，只留下他的眼睛在外头，盯着我们。

"啊！"那歹徒如此回应着被推回冷柜里。

"你看，犯罪没有好下场，"林克警长一边对暴徒这么说，一边将托盘完全推进去，然后关上柜门。我们还能听到从冰柜里传来那人模糊的尖叫声。

"啊——啊——啊——"

林克警长走过去，给自己倒了一杯停尸房咖啡。"我会把他留在里头一阵子。让他好好冷静冷静。好让他在我对付那个浑蛋的时候，不会继续偷更多的尸体。"

林克抿了一口咖啡。

他甚至没有面露难色。

他真是个硬汉警察。

模糊的尖叫声持续从冷柜里传来。

"啊——"

没完没了。

看起来，木头腿或林克对此都无所谓，所以我也无所谓。

今天是我的幸运日

我拿了一只杯子，加入木头腿和林克警长，一起喝咖啡。暴徒仍在继续叫唤，被放在托盘上，藏匿于市停尸房的冷柜里。

“我刚还在跟林克警长说呢，就在你闯进来之前。‘探子’，你这个举动我也得表示感激，操，要是警长没过来，那你就是我的大英雄了。这帮家伙今天从我这儿偷走了两具尸体，”木头腿说，“我他妈的也不知道他们要两具尸体干吗。警长到的时候，这帮人正要对我下手呢。来得太是时候了。今天是我的幸运日。”

木头腿讲“幸运日”的时候，直戳戳望着我的眼睛。我不胜感激。当然了，他兜里揣的那二百五十块钱，也不是随随便便得来的。

“我会查清楚这些人为什么要偷尸体，”林克警长说，“我会让我们的朋友在冷柜里多待一会儿，直到我们把咖啡喝完。那时候，他应该做好开口的准备了，而且我觉得他再也不会想偷更多的尸体了。他会重新做人的，这个鸡巴烂货。”

那歹徒的尖叫声持续地从冷柜里冒出来。一直就没停过。他听起来好像要在里头疯掉了。

“你不知道这些家伙为什么要偷尸体，嗯？”林克警长问木头腿。

“不知道，”木头腿说，“我认为他们就是一帮鸡巴食尸鬼。只有贝拉·卢戈西会为这帮人渣感到骄傲。”

“他们拿的是哪些尸体？”林克说。

“两具女尸。”木头腿说，“一个是自杀的离异女人，倒没啥损失；另个一个是早些时候你带过来的、被谋杀的那个妓女。”

“她，嗯？”警长说，“她是个长相不错的女人。真遗憾。所以，这些废人偷的是她的尸体。这件事越来越有意思了。”

食尸鬼老兄在冰柜里不断地尖叫着。

“我想他差不多准备好了，”林克说，“我想从他嘴里问出真话，这会儿应该没什么困难了。”

另一个老兄仍旧在墙角的地上昏迷，他完全失去了意识。林克要是撂倒了谁，这人就只能继续倒着。

“啊——啊——啊——”

尖叫声持续从冰柜里传出来。

林克警长又抿了一口咖啡。

撒哈拉沙漠

就在此时，这帮人里的第三个家伙走到了验尸间，找他一同偷尸体的好兄弟来了。迎接他的是这样一番景象，他的一个同伙瘫坐在墙角完全失去了意识，同时能听见他的另一个同伙从冰柜里发出的模糊的尖叫声。

这家伙变得惨白如纸。

“走错了。”他说。这几个字从他嘴里吐出来的时候，听上去十分干涩。如果撒哈拉沙漠会说话，他发出的声音听上去就是那样。

“不好意思。”说着，他十分艰难地掉转方向，不太顺畅地要朝门那边寻找庇护，走到门的距离看起来像是离着十万八千里远。

他从一个活生生、会喘气的家伙变成了一个用硬纸板剪出来的家伙。

“稍等，这位市民，”林克警长说着，又随意地抿了一口咖啡，“你他妈的以为你要去哪里？”

这老兄死了一样突然停住了，他的这种举动在这个场所里是颇为流行和常见的。

“我把地址搞错了。”他撒哈拉着说。

林克警长很缓慢地摇头。

“你是说这地址是对的？”那老兄这么说，也不知道自己在说些什么，他的大脑已经因为惊恐休眠了。

林克警长点着头，是的，这就是你要找的地方。

“给我坐下，狗操的玩意儿。”林克说着，肢体示意房间里靠远处，安睡熊一样的那个老兄旁边的一把椅子。

“狗操的”准备说些什么，但是林克警长摇了摇头，表示禁止。这老兄叹了一口足够填满一艘老式快帆船的长气。他开始非常怀疑自己地朝椅子移动，好像身处暴风雨中的夹板。

尖叫声持续地从冰柜中传出来。

“啊——啊——啊——”

“等一下，”林克对这老兄说，“你带火儿[①]了？”

这老兄突然又停住了，站在那儿好像被冰封了。他正盯着传来尖叫声的冰柜。看起来他好像是在梦里。他慢慢地点着头，表示他有枪。

“不是个乖孩子，”林克警长用父亲口吻说道，不过他听起来更像是一位在地狱做干草叉工厂营生的父亲，“我打赌，你还没有持枪许可。”

这个持枪歹徒摇着头，表示他没有持枪许可。然后十分迟疑地开口了。“他为什么在那里面？”他说。

“你想加入他吗？”

“不想！”那毛贼大喊。

他语气强调，不愿意和他的同伙一起进冰柜。

“那就做个乖孩子，我就不会把你放进去和死

---

① 火儿（The heater），一种20世纪30年代流行于美国黑帮中，对手枪的说法。

人待在一起。”

这老兄点着头，着重强调着要做个乖孩子。

“慢慢把枪从口袋里拿出来，枪口不要对准任何人。手枪有时候会意外走火，我们不希望发生这种事，因为那样的话会有人受伤的，然后有人就要在冰柜里和死人一起度过学校假期了。”

那毛贼从他的口袋里慢慢地掏出一把点 45 手枪，我想到了我试图把凉了的枫树糖浆从瓶子里弄出来的样子。

警长只是坐在那里，端着他的那杯咖啡。他是个很酷的家伙，而我本可以是他的搭档，如果我没让巴比伦霸占了头脑的话。

“把枪拿过来。”警长说。

那毛贼把枪拿过来给警长。

他拿着那把点 45 的样子，就好像是个女童子军手里拿着一盒曲奇饼。

“把枪递给我。”

他把枪交给了警长。

“现在给我坐回椅子上，我不想听到你嘴里说出任何一个字，”林克说，“我希望你变成一座雕塑。听明白了吗？”

“明白。”

这“明白”听起来十分地期待赶紧去坐下，然后变成一座活人雕塑。

老兄迅速起身，用行动做出回答，在他那“熟睡”的伙伴旁边坐下了。他照着警长说的，把自己变成了一座蓄意犯罪且未遂的雕塑。思绪只往冰柜的方向带入了一下，他已经冻成大理石了。他坐在那儿，眼睁睁“看”着尖叫声不断地传出来。

“啊！！！ 啊！！！ 啊！！！ 啊！！！”

……这会儿喘息更急促了。

“正如‘魅影奇侠’说的，”林克警长说，“‘犯罪是没有好下场的。’”

“啊！！！ 啊！！！ 啊！！！ 啊！！！”

“我觉得这傻逼已经能好好唱了，”林克说，“我要把这个事儿查个底儿朝天。停尸房不应该这么惊险刺激。旧金山市也承受不了死尸就这么任人扒窃。这会让本市在死人这方面的口碑蒙羞。”

“啊!!! 啊!!! 啊!!! 啊!!!”

……冰柜里继续传出来叫声。

“你们有什么想听的歌剧吗?”警长说。

“《茶花女》。”我说。

“《蝴蝶夫人》。”木头腿说。

“马上开演。”林克说。

埃德加·爱伦·坡[1]的脚着了火

当林克警长将冷柜里的老兄拖出来的时候，他的表情真是一言难尽。他先是打开了一条缝，只能看见里头那个歹徒的眼睛。那双眼睛看起来像是被埃德加·爱伦·坡在鞋里塞了火（hotfoot）[2]。

托盘被缓缓拖出的时候，他也一直在尖叫。

“啊！啊！啊！啊——！”

……那双眼睛瞪得大大地望着我们。

---

① 埃德加·爱伦·坡（Edgar Allan Poe），美国作家、文艺评论家，被尊崇为美国浪漫主义运动主角之一，以悬疑和惊悚小说最负盛名。

② 一种恶作剧，通常是将一根火柴塞在被恶搞受害者的鞋子里，然后点燃它。

“闭嘴。”林克说。

“啊!”老兄的嘴像是被一座无形的喜马拉雅山压了上去,完全闭上了。

从他眼睛里流露出的爱伦·坡式的惊恐,变成了一种沉默的恳求,那恳求达到了超乎想象的程度。样子看起来就像是在向教皇祈求一个奇迹。

“你希望再往外一点儿回到活人的世界吗?”林克说。

那老兄点着头,眼泪开始从眼眶涌了出来。

警长把托盘往外拖,直到他的整张脸露了出来。他拖得相当慢,然后停住,站在那里低头凝视着这个崩溃的老兄。一个充满慈爱的笑容爬上了林克的脸。他伸手带着爱意地轻拍着那老兄的脸蛋。

林克这位慈母。

“准备好开唱了吗?”

那老兄点点头。

“一五一十从头如实交代,否则的话就别想让我再把你拖出来了。而且,你这种龌龊的耗子,我可不会给你进行活体防腐的。听明白了吗?”

老兄再次点了点头。

“好的,开始说吧。”

“我不知道她把那么多啤酒装到哪里去了,”那老兄一开口,话歇斯底里地冒了出来,“她喝了十杯啤酒,也没去过厕所。她就那么一直喝啤酒,然后也不去厕所。她还特别瘦。身体里根本没有那么大的地方能装下那么多啤酒,但是她就都装下了。根本装不下那么多啤酒!”他吼叫着,“根本装不下!”

“你说的是谁?”警长说。

“雇用我们来偷尸体的女人。她是个喝啤酒的好手。上帝啊,我从没见过那种场面。啤酒就那么一直不停地消失了。”

“她是谁?”林克说。

“她没告诉我们。她只说要尸体。其他不许问。报酬丰厚。我们也没想到会变成这样。她是个富婆。我父亲曾告诉我,永远不要跟富婆产生瓜葛。看看我。我和死人一起跑到冷柜里来了。我能闻见他们。他们都已经死了。我他妈的为什么没有听他的话?”

“你确实应该听你父亲的话。”林克说。

就在此时,躺在墙角的老兄苏醒过来了。警长望向他上方,坐在椅子上的那位雕塑老兄。

“你朋友醒过来了,”他对那老兄说,“替我踹他脑袋一脚。他还需要再休息一会儿。”

椅子里的老兄,因为没说让他站起来,所以他连站都没站起来便踢了旁边老兄的脑袋一脚。那老兄又昏了过去。

“谢谢,”林克说着,又回去继续蹂躏铐在冷柜托盘上的老兄了,“她为什么要偷尸体,你一点儿都不知道吗?”

“不知道,从头到尾都在喝啤酒。她开的价也挺高。我真的不知道会闹成这样。我们只是要偷一具尸体。”

“就她一个人吗?”林克说。

“不是,她还有一个车夫兼保镖,脖子粗得像消防栓。然后我们就来了,拿走一具尸体,但是拿错了，所以我们又回来找对的那一具，但是那一具不在了。我们真的没准备伤害你那个一条腿的朋友。只是想吓唬他一下，好拿到对的那具尸体。”

“你们要找的是哪一具？”林克问。

“今天被敲死的那个妓女。”

“你把她杀了？”

“不，不是啊，上帝啊，不是我干的。”那老兄说。他完全不喜欢这个质疑。

“不许在这里提到‘上帝’这个词，你个狗杂种，再提到一次我就再把你塞回冷柜里。”

警长是个爱尔兰裔天主教徒，每周日都要参加弥撒。

“我道歉！我道歉！”老兄说，“别再把我放回去了。”

“这还差不多，”林克说，“你们这几个家伙从这里拿走了多少具尸体？”

“就一具。还拿错了，是一具女人的，我们错把她当成那个妓女了，所以我们才回来找对的那具，但是她已经不在这里了。我们并没打算伤害你的朋友。我就知道这么多了，我保证。”

“你确定对我没有任何隐瞒了吗？”林克说。

“没有，我保证。我绝没撒谎。”那老兄说道。

“你们几个只拿走了一具尸体，对吗？”

“是的，一个死掉的妇人。还拿错了。”

“这里丢了两具尸体，”警长说，“那是谁偷走了妓女的尸体呢？”

“人家付钱让我们来拿那个妓女的尸体，我们把她从这里抬走，你觉得如果那具尸体是在我们手里，我们会蠢到再回来找她吗？”那老兄用这种方式说话，是在犯错。

林克不喜欢他的态度。

他把他向冰柜里轻推进了六英尺。

这一刺激，产生了可知的反应。

“啊啊啊啊啊啊！别，别，别！”这贱种开始尖叫，“我说的都是实话！我们只拿了一具尸体！我们还给你！”

“这就有意思了，”警长说，“看来最近在旧金山当偷尸贼挺流行啊。”

“你能确信这几个家伙说自己没偷第二具尸体,是在讲真话吗?”木头腿添油加醋地说,“不然还能有谁,在同一天晚上也跑到这里来偷尸体呢?从我 1925 年到这里工作以来,还是头一遭有尸体被偷。同一个晚上,还能有不同的人来偷走两具尸体,这种概率简直百万分之一。让这个婊子养的再进去待会儿,看看他说不说实话。”

“啊啊啊啊啊啊!”是那歹徒对这番评论的反应。

“不,我觉得他说的是实话,”林克说,“实话我是听得出来的,这浑蛋没在撒谎。看他那德行。你觉得就这一堆颤巍巍的废物还剩得下力气编瞎话?不对,我刚刚从他嘴里逼问出的,是他此生第一句真话。”

“那他妈的我也不知道是怎么回事了,”木头腿假装生气的样子说道,“说不定旧金山还有另一个脑子进水的家伙。反正我知道,我这里少了两具尸体,你得在你报告里写清楚,我要它们回到这儿。”

“好的,木头腿,”林克说,“少安毋躁。离异女人的尸体是他们偷走的，我已经帮你找回来一具了。”

“你说得没错，”木头腿说，“找回来一具总比丢两具强。我需要死尸，来保住我的活路。”

“我明白，我明白。”警长边说边走到办公桌前，添了点儿咖啡。他就这样，把那歹徒晾在一边了，那歹徒躺在原地，露了半张脸在亮处。歹徒对自己眼下的状况不敢发一言。他并不想破坏眼下的好形势，搞得自己又回到黑暗中，孤零零和死人做伴。

他觉得目前这样就挺好。

林克警长抿了一口咖啡。

“没道理会有人惦记着让你丢尸体吧，有这种人吗？”林克警长问木头腿，“你最近有没有发现一些不正常的迹象呢？”

“根本没有，”木头腿说，“这个鬼地方除了死尸，就没别人了，我要那死妓女回到这来。”

“好的，好的，”林克警长说，“我尽力而为吧。”他动作随意地转身朝向我。

“在这件事上，你知道些什么吗？”他说。

“我他妈的怎么会知道是怎么回事？我只是刚好路过，过来和我的老朋友木头腿打个招呼，喝杯咖啡。”我说。

躺在角落的那个家伙又开始要醒过来了。他像只醉酒的蝴蝶在扑腾。

“你踹他踹得还不够狠。”林克对坐在他旁边当雕塑的那个歹徒说。

雕塑乖顺地朝他脑袋猛踹了一脚。

扑腾蝴蝶的那个歹徒又晕了过去。

“谢谢你。”林克说。

人体死尸拉布拉多寻回犬

我开始思考所卷入的这一切，并结合考虑林克警长从托盘上的家伙那里获得的答案，快速对目前自己的处境做了个小结。

换句话说，我是在思考我的客户：那位可以让啤酒消失的漂亮贵妇，雇用了这些廉价的家伙，来干和我受雇要做一样的事情——偷尸体。这完全说不通。事实上，我们在偷尸体这件事上被彼此绊倒了，而那个被铐在托盘上的家伙收获的，比当初讨价还价多得多。

林克回到停尸台前，开始做更深入的拷打。

“舒坦吗？”他用一种母亲的口吻说。

“舒坦。”那歹徒像乖儿子一般答道。

他还能答什么呢?

“来,我让你更舒坦些。”林克“妈妈”说。

警长将托盘拖出来,此时歹徒胸以上的身体都露了出来。

“舒坦吗?”

那歹徒缓缓地点着头。

“那么,你本来拿走那个见了鬼的妓女,接下来准备干什么? 那个富婆准备拿它来做什么?”

“我们本应该在十点钟的时候给一个酒吧打电话,找琼斯先生,然后他应该会告诉我们,接下来要做什么。”那歹徒唱得像个唱诗班歌童。

“琼斯先生是谁?”林克说。

“消防栓脖子的那个人。”那歹徒说。

“乖孩子,”警长说,“酒吧的名字是什么?”

“艾迪街绿洲俱乐部。”

“现在是十一点钟了。”林克说。

他踱步到办公桌的电话机旁边,木头腿正坐在那里。他拨通接线中心,然后接通了绿洲俱乐部。“我想找琼斯先生。”他稍等了片刻然后说,“谢谢。”

然后挂断了电话，又踱回到冷柜旁。

“那边没有什么琼斯先生。你该不会是想要再多和死人待一会儿吧？”

“不！不，”那歹徒说，“也许他是等烦了。他说要是接不到我们的电话，那这笔交易就取消了，他权当我们没能拿到尸体。他还说了一些别的。”

“还说什么了？”林克说。

“他说，别搞砸了。他是认真的。”

“你应该听他的，因为你们几个确实搞砸了。”

“我们试过了。我们怎么知道会拿错尸体呢？是他们告诉我们的，在停尸台的哪个位置和其他的种种。我的意思是，我们怎么会搞错呢？”

“很简单，”林克说，“要是我，遛狗都不找你们几个小丑去遛。”

然后，林克转向木头腿。

“我倒想知道雇用这帮小丑的人是怎么知道尸体是在哪个停尸台的。”他说。

“很显然他们不知道，”木头腿说，“因为被偷走的尸体是错的。说到拿错尸体，我要那个自杀的酒鬼离异女人回到这里来，马上。”

“尸体在哪里？”林可问那个坐在自己刚刚昏迷过去的朋友身边的家伙。

“我可以发言吗？”那歹徒说。他并不想做任何会刺激警长神经的事情。最好一切都原封不动，因为至少他没有被铐在停尸盘上或是昏迷不醒。

“你现在可以张嘴了，”林克说，“你刚才不是已经出声了吗？”

“噢，也是，”那歹徒一边说话，一边惊讶于听见了自己讲话的声音，“你想要什么？”他又试着说了一句。

“不光是蠢，你们家族还遗传耳聋，是吧？我要知道尸体在哪里，你个浑蛋。”林克说。

“在我们车的后备箱里。”

“车在哪里？”

“停在街角。”那歹徒说。

“去，拿尸体。”林克说。

“行，然后呢？”

“什么然后呢？把它抬回来，蠢蛋！”警长说。

“你会让我独自从这里走出去?”那歹徒目瞪口呆地说道。他无法相信自己的耳朵。

“为什么不呢?”林克说,“去,给拿过来。你确实是蠢,但我觉得你还不至于疯狂到敢从我面前溜走。我可不是好商量的。你最好庆幸还在跟和颜悦色的我打交道。我开始有点儿喜欢你了,所以现在去给我把尸体抬过来。”

“好的。”那歹徒用道歉的口气说道。我不知道为什么他怀有歉意,但他是有的。人类行为变幻莫测。

几分钟后,他拖着装在脏衣袋里的离异女人死尸回来了。这家伙和为它的主人叼回了一只鸭子的拉布拉多寻回犬,着实相似。

“大小子真棒,”林克说,“把那尸体交给木头腿,然后给我好好坐回去。”

“谢谢老大。”那歹徒说。

“给你找回来一具了,木头腿,”林克说,“我说到做到。”

跳舞时光

木头腿在他那部分的任务上，完成得很完美。真是个好老兄。当然了，两百五十块钱也是有作用的。有这笔钱，在旧金山，一个一条腿的男人是可以获得不少跳舞时光的。

“那么，我该撤了，”我说，“这里的事真有意思，不过我得去讨生活了。”

“真是个笑话，”林克警长话里带着几分叹息地说，“你本可以成为一名优秀的探员，卡德，如果你不花那么多时间做白日梦的话。啊哦……”

他把话吞了回去。

在他看来，我一直是令他颇为失望的。

林克并不知道我的生活有一部分是在巴比伦

度过的。对他来说，我只是个做白日梦的废物。我任由他这么想。要是把这事告诉他，我知道他是不可能理解巴比伦的。他不是那种会想这些事的人，所以我也不会提。我对他来说就是个废物，这也没什么。活在巴比伦，比当个警察随时为了打击犯罪发起战斗好得多。

我开始朝门的方向走。还有一具尸体在车里需要我运送，我首先得把车开走转悠一会儿，想一想。随着三个家伙的闯入，事情变得有些复杂起来。

我需要一点儿时间把整件事好好想想。不能轻举妄动。

“回头见，‘探子’。”木头腿说。

“少惹是生非，别再做个废物了。”林克说。

我望向被手铐铐在验尸托盘上的那个歹徒。

他就那么躺在那里，盯着天花板。

今天对他来说不是个好日子。

坐在椅子里的那个家伙看起来就像是在旁边有修女野餐的时候，裤子脱到一半被抓了现行。

第三个家伙躺在他旁边的地板上。

因为没有付账单，电力公司把他的光明都夺走了。

我觉得等醒过神来，他会好好想想还要不要混这一行了，除非他喜欢在停尸房的地板上睡觉。

瞎子

我的车还在停尸房的街对面等着我，后备箱里装着那个被谋杀妓女的尸体。尸体是另外五百块钱的兑换券，但现在事情变得有些复杂。

为什么那个爱喝啤酒的有钱妇人要雇用这三个歹徒，让他们和我去偷同一具尸体呢？这不合情理。这样一来，整桩生意变成了一出大家彼此拌蒜，乱作一团的鲍里男孩[①]式喜剧，而且根据那帮在

---

① 鲍里男孩（Bowery Boys），19世纪中期，发源于美国纽约曼哈顿鲍里街一带的街头的帮派，后以该帮派为灵感来源，创立的一个虚构角色的戏剧团体。鲍里男孩作为喜剧核心，在之后的几十年间，先后出演了大量舞台剧、近50部电影作品（转下页）

停尸房出现的歹徒来看，结局的娱乐效果也不大。

林克警长把他们弄得生不如死。我想到那个活活被塞进冷柜里、婊子养的可怜样，不禁打了个冷战。我可不认为那是他所理解的什么乐子。我想他更愿意看场棒球比赛或是做点别的什么事情。

我已经花了太多时间去考虑那些浑蛋了，我有更重要的事情需要思考。我该他妈的如何处理那具尸体呢？那帮歹徒本应该在十点钟的时候，与在酒吧的脖子哥取得联系，但是林克警长打去电话的时候，他并不在那里。

我与富有的啤酒爱好者以及脖子哥的约定是在夜里一点钟的圣安息墓地。现在我得搞清楚，接下来我该怎么做。我还应该坚守我们之间的约定吗？

那是我得到五百块钱的唯一机会，有了这笔钱

（接前页）和超过300集的电视剧作品。他们的喜剧多被定性为幽默犯罪闹剧/喜剧，是纽约历史文化和美国流行文化中一个很有代表性的符号。

我才能负担得起一间办公室、一个秘书和一辆车，才有可能改变我的生活方式。他们已经付了我一半的费用，五百块钱，另外还给了我三百块作为办事开销。我手里还剩五百块，所以不管从哪个角度看，目前的状况对我来说都是有优势的。

也许我应该带上尸体，抛进海湾去，把和那些人会面的事忘了，仔细掂量一下，这五百块钱还能留住一些做人的尊严。要是能精打细算、省吃俭用一些的话，我大概应该也能负担得起买一些咖啡、秘书、车子什么的。花哨些的就付不起了，但基本的还过得去。

如果我如约去见他们，我不知道会发生什么样的怪事。正常人不会雇用两拨不同的人去停尸房偷同一具尸体。这点完全讲不通，如果我遵守约定，真的去墓地赴约见他们，不管发生什么，我都绝对不能被卷进去。

他们甚至可能都不会在那里出现。

依我看，他们可能这会儿已经在亚洲了。如果他们真的遵守约定出现了，要是敢搞什么名堂，我还有把枪能派上用场。脖子哥是个挺可怕的人。我很不希望和他发生摩擦，但我确实也还有六颗枪子儿可以用来射向他。我的枪法并不差，而瞄他也很难不准。

这些是我的选项：板上钉钉的五百块钱，或是赌一把，从一个“啤酒扫荡机”富婆和长着水牛脖子的司机这种非常怪异的公民手里再多赚五百块。

至少我还有选择。

几天前，我太窘迫了，撞倒过一个盲人乞丐，还把他手里的杯子打翻了。我帮他把钱从人行道上捡起来，结果我把杯子递回去的时候，他少了五角钱。我认为他是个感知相当敏锐的盲人，因为当时他冲我破口大骂：“我剩下的钱哪儿去了！这里的钱不够！把钱还给我，你这个无耻的小偷！”

我只好赶紧溜走了。

所以我现在琢磨的事情，可比那会儿要琢磨的有意思多了。

旧金山就那么几个瞎子乞丐，消息很容易就会传开。

宝贝儿

我他妈怎么都不吃亏吧？这么想着，我把钥匙插进点火开关。已经想好了。把尸体送过去。现在是十一点多，如约出现在圣安息墓地之前，我还有一些时间可以消磨，于是我决定开车转悠一会儿。已经太久没开车了。我看了看油表。还有¾箱的油。应该会挺好玩的。打着车后，我就开走了。

我朝码头方向驶去。

我把广播打开。

我很快就跟着哼起了从没听过的流行歌的调子。我有一副对音乐很敏锐的好耳朵。学曲调很快。这是我的天赋之一。很遗憾一直没学过声乐或是演奏什么乐器。如果学过的话，我可能会大有作为，一路红到最顶级。

我这会儿感觉挺不错。

已经想好了。

听着一些美妙的音乐。我还有那具死妓女的尸体在后备箱里。

在这么一个兵荒马乱的年月，夫复何求？我的意思是，外面世界正打仗呢，但我这边一切都还不错。我没什么可抱怨的。今天是我的好日子。

开上哥伦布大道，去往码头方向的时候，我想着自己是一个巴比伦大乐队的队长，拥有自己的广播台。

“听众朋友们，大家好。这里是宝贝儿电台，从巴比伦空中花园的楼顶为您播音。我们非常高兴为您带来今晚的乐队——C. 卡德和他的大乐队，”播音员会这么说，“现在有请 C. 卡德……”

“你好，巴比伦的摇摆猫们！”我会说，“我是带给你们好音乐的忠仆 C. 卡德，让我来演奏音乐为你们点燃梦想。接下来有请娜娜迪拉特小姐，我们的禁忌快感百灵鸟，带来一首《当爱尔兰人眼含微笑》。”

我着实从收听广播中获得了最大值的愉悦。真是太好了，直到我发现有辆车在跟踪我。

炖肉

那是一辆 1937 年产的普利茅斯轿车，里头坐着四个黑人。他们非常非常黑，还全都穿着黑色套装。那辆车看起来像是戴着头灯的一块煤，而且绝对在跟着我。

这些人是什么人？

他们又是怎么卷入这件事的？

我那被广播赐福的好时光戛然而止。为什么生活就不能简简单单的呢？

前面的十字路口亮着红灯。我停下来等着变灯。

那辆坐满了黑人的黑色的普利茅斯排在了我的车旁边，靠近我的一侧，前排窗户摇了下来。其中一个黑人欠身出来，用低到足以上阿莫斯与安迪秀[1]的嗓音说："我们要那具尸体。靠边停车，把它给我们，不然我们把你剁了炖肉。"

"你们搞错了，"我隔着摇下来一半的窗户说，"我不知道你们在说什么。我是纽约哈特福德的一位保险销售员。"

"别扯淡了，炖肉。"那黑人说。

交通灯变绿了，追车开始了。

这是我人生中的第一次追车经历。

我在电影里见过很多次，但是这之前，我一次都没体验过。这和我看过的电影里的那些不太一样。首先要说的是，我的驾驶技术一直不是很好，而他们的车手是一流的。其次是，电影里的追车场面都会持续好几英里。我这个并没有。我开上伦巴第街，没过几个街区转了个弯，就把我的车撞进

---

① 《阿莫斯与安迪秀》(Amos 'n' Andy Show)是美国广播电视台广播情景喜剧节目。该节目设置在美国纽约黑人文化中心的哈林区。节目中的大多数角色皆为黑人。

了一辆停着的旅行车。追车就此戛然而止。还是挺有趣的。很遗憾如此短暂。

幸运的是，我并没有伤到自己。

我受了点震荡，不过问题不大。

装满黑人的那辆车在我后面停了下来，他们从车里跳下来。确如他们许诺的，他们每个人都有一把小刀，但我口袋里有把枪，所以实际情况并不像看起来那么实力悬殊。

我慢慢地从车里下来。当你有把点 38 在口袋里随时准备掏出来的时候，动作慢一些是好事。我尽可以慢慢行事。

“尸体在哪儿，炖肉？”之前开过口的那个人说。他是个长相凶悍的家伙，手下三个黑黝黝的小兄弟也是。

我从口袋里掏出枪，把枪指向他们几个的大致方向。现在局势完全掉转了。他们全都定格不敢动了。

“我不喜欢被叫作炖肉，”我享受着这个局面，说道，“把刀都扔了。”

能听见四声刀掉到街上的声音。我现在占据了很大优势。一切都好，直到一个老妇人冲出来站在她家房子的门廊上，质问为什么我们毁了她的车。她表达质问的方式是用肺的最顶上尖叫，“我的旅行车！我的旅行车！我昨天才终于交完全部付款，才寄出最后一张支票啊。”

大约有一打她的邻居都冲出来了，站在自家的门廊上，并迅速和这位刚刚失去一辆旅行车的妇人站在了一边。

没有人在意我的看法。我是一句话也插不上。

我意识到唯一能让他们消停下来的办法，就是冲天上开一枪。那样可以把他们都轰回自己房子里，我就有一两分钟可以对当前状况下我的命令，然后做接下来该做的事，反正我肯定得做点儿什么，而且要快。

我把枪指向天空扣动扳机。

咔嗒！

什么！

咔嗒咔嗒咔嗒，我一直扣动扳机，扣出一连串咔嗒声。

我他妈的拔错枪了！

这是我的那把空膛枪。那四个黑人往街上跑去捡他们的小刀。老妇人依然在尖叫："我的旅行车！我的旅行车！"邻居们也忙着加入其中。整个形式突然变成了疯人院最糟糕时候的样子。

几个黑人兄弟重又握着他们的小刀，冲着我过来。我摸向另一边的口袋，掏出木头腿的那把枪：装满子弹的那一把。

"别动！"我冲着几个黑人说。

他们看起来凶恶极了，除了其中一个在微笑。他就是管我叫"炖肉"的那一个。他的微笑大到从一边耳朵咧到另一边，像条珍珠项链似的，令我脊背发凉。他应该见见脖子哥。他俩在一起会成为很好的朋友。他们有太多相像之处了。

我可以听到有人会这么介绍：

"微笑哥，这是脖子哥。"

"很高兴见到你。"

如果我在场，我会被介绍成炖肉：

“炖肉，这是脖子哥。”

“你好呀，脖子。”

“这是我朋友微笑。”

“脖子的朋友就是我的朋友了。”

然后，我被微笑哥的声音拉回了现实：“炖肉，这下你的运气都用光了。”

“别说我没有警告过你。”我说。

“呵呵。”微笑哥说。

我打中他腿的时候，他依然在微笑。这下那个撞烂了的旅行车车主和她的所有邻居都被送回了自己的房子。

微笑并没有从微笑哥脸上离开，但是程度从咧到耳朵根的笑变成了一种浅浅的微笑，就像一个老人收到小孩给的小小的圣诞礼物，小到可以轻柔地从他手里掉落。他的腿上有一小块血渍，正在一点点变大。子弹打穿了他膝上大概六英尺的位置。就这么给他开了个眼儿。

另外三个黑人的小刀也都掉了。

“妈的，炖肉，你刚才用一把空枪打中了我，”微笑哥说,“这活儿不值五十块钱。他们说,只要我们一亮刀,你就会把尸体给我们。操,有颗子弹刚才从我的腿上穿过去了。”

我没时间安慰他。

我得在警察赶到之前离开这里,然后把这一切做个了结。唉,我的车是没法开了,那么就剩一辆车还能开了:他们的那辆。

“都消停点,”我说,“现在你们所有人深吸一口气,然后不许动。我会告诉你们什么时候喘气。”

他们都深吸了一口气,然后憋住。

我走回被撞坏的木头腿的车,把钥匙从点火开关里拔出来。

“继续憋住气。”我挥舞着枪警告他们,然后走到车尾。我能看见那四位黑人绅士正在挣扎,快憋不住了。我打开后备箱。

“可以了。”我说。

他们全都呼出气。

“操,”微笑哥说,“操。”

“把尸体从这儿抬出来。”我说。我再次朝着他们举着枪，他们向前凑了上来，抬起尸体。“把它抬到你们车的后排座上去，”我说，“麻利点儿。我没工夫跟你们磨叽。”

微笑哥依然在微笑。微笑只是变得微弱了，但还是可以被定义为微笑。我能想到的可以被归类描述它现在样子的词，我想是“有哲学意味的”。

“操，”他说，“首先是，他那一把空枪打中了我，然后他又让我憋气憋得我都快晕过去了，现在他还要偷我的车。”

把车开走的时候，我依然可以看到他在微笑。

孤独的鹰

开出去有一个街区远，我在街角把车猛地打了个左转，朝木头腿撞毁的车和那四个黑人所在的地方驶去。我出现在他们后方。他们还在盯着我开走的方向，站在原地。

我按下喇叭，他们都转了过来。

我永远也不会忘记，当他们看到我时的表情。那三个没有受伤的人捡起了他们的小刀。当他们看清是我，小刀又轻快地从他们手中掉落了，他们几个冲上街就好像这里迅速地变成了他们的家园。现在看来，小刀们已经没有可能剁什么炖肉了，划个口子都难。

他们已经认清局势了。

腿上挨了一枪子儿的那个黑人看到我时，朝我露出一个大大的微笑。“操！”他说，“又是炖肉。这回又要干什么？你回来要我们的裤子不成？”

另外三个黑人觉得挺搞笑，于是就笑了起来。确实挺好笑的。连我自己都笑了。除了想要削我这一点，他们其实挺不错的。

“不，留着你们的裤子吧。”我说。

“您真是圣诞老人。”微笑哥说。

“是谁付钱让你们来找我抢尸体的？”我说，“我就想知道这个。”

“你干吗不早说？”微笑哥说，“操！这也不是难事。是一个脖子粗得跟辆卡车似的家伙和一个特能喝啤酒还不撒尿的花枝招展的白人洋娃娃。也不知道她喝的那些啤酒都到哪儿去了。他们是我老板，不过现在你说了算。”

“谢谢。”我说。

“嗨，炖肉，”微笑哥说，“都是小事情，你别再朝我开枪就行。我这个岁数了,不能再挨枪子儿了。你需不需要搭档啊?”

“不了,”我说,“我是一只孤鹰。”

我又把车开走了,这回,他们都在朝我挥手。

怪事大楼

那么，现在我该如何是好呢？

当你被雇用去市政停尸房偷一具尸体，这本身就够奇怪的了，而这些雇用你的人还雇佣了其他人，去停尸房偷和让你偷的同一具尸体，等你成功偷到手以后，又雇用了另一批人去打劫你，整个事情太诡异了。

我决定要前往墓地去看看是否能从他们那里得到我剩下的那五百块钱佣金，为什么做了这个决定之后，这事儿变得更复杂了呢？

我下一步应该怎么行动？

如若遵守和这些人的约定，离见面时间尚且充裕，除非我是傻子才这么乖乖地去。他们绝对是不可信任的。唯一还去见他们的理由，无非是有再拿到五百块钱的可能性。

很显然，他们怪异的方式也暴露了我手上有他们非常想要的东西。我手上有那具死妓女的尸体，就在刚从那四个黑人坏蛋手里强征来的这辆车的后排座上。

也许我该换个方式出牌了。

我太迁就他们的游戏了。

我想我应该加大赌注，我自己和自己说，是时候开始新的玩法了。现在五百块钱已经不够了。木头腿对于我把他的车撞碎了的反应一定是不怎么好的。我想，他会想要一辆新车。

鉴于事情的发展状况，五百块钱简直是喂鸡。如果这些人想要尸体，看起来他们很显然也流露出这个方面的意向，那他们可要付出大价钱才能如愿了。

我先去我的公寓那里短暂停留了一下。

把尸体从后排座拎出来，甩到肩上扛着走进那栋楼。我假装那就是一袋脏衣服。我的假装没什么意义，因为根本没人在看。感谢上帝让那位包租婆今天挂了。也许我的运气并没有那么差。说不定最终我还能得到比预想还多的报酬。

我扛着死妓女的尸体，走上通往死掉的包租婆房间楼梯的时候，面带微笑。想起今天早些时候，从这个楼梯上，她的尸体被抬出去，而现在另一具尸体又被我扛进楼里来了。

这真是一栋怪事大楼啊。

这都可以作为停尸房分部了。尸体在这里进进出出，像邮局里的信件一样。

我把死妓女扛过大厅，扛到我的房间。把它放在厨房地板上，靠在冰箱旁边，然后我打开冰箱，把里面所有发霉的食物和已无法辨认的物体都从隔板上拿出来。

呃……

然后我把隔板也拿了出来。

为什么不呢？

在这儿存放她多合适，没人会想到来搜查这里的。

五百块钱的脚

我回到车上，向西开往旧金山市郊，圣安息墓地方向，去赴我和脖子哥以及他爱喝啤酒的女主人的“约定”。这将是一次有意思的会面，只是不再会按照他们的计划行事了。现在是我说了算，而且我有种预感，我家冰箱里的那具僵尸现在可不止值五百块值钱了。

感觉现在我拥有一具价值一万块的死尸。我把它偷到手了，它就属于我了。我准备榨干它的全部价值，那么总计起来要一万块，我觉得可以接受。

在前方的路旁，我看到一个电话亭的灯亮着。想起我还没给我妈打电话，这事还没处理掉。在我开始更严峻的任务之前，最好还是先把这个事情办了。我要为展开人生中最刺激的一场戏做好准备，在永久地切换到人生的轻松模式之前，我可不想让这件事占用我的思绪。

把车停好，我走下来。

投了一枚硬币拨好她的电话号码。

铃声响了二十多次。

他妈的！我并没有听到她应电话的“喂？”，然后我会说：“喂，妈妈。是我。”然后她会说：“喂？是谁啊？喂？”然后，“妈。”我会嘟囔道。接着是：“该不会是我儿子打来的吧？喂？”接着是我的嘟囔：“妈。”然后她说：“听着像是我儿子，如果他还在做什么私家侦探，他可没胆量给我打电话。”

她不接电话，我倒是省了不少事。

她跑哪儿去了呢？

今天星期五，她会去墓地探望被四岁的我害死的父亲，但是我知道这会儿她应该已经回去了。

她跑哪儿去了呢？

我回到车上，继续前往墓地。再有十分钟就到了，然后就该应对伤脑筋的部分了。我感觉我对计划的修改以及我制定的全新的价格，脖子哥和他那有钱主子是不会喜欢的。

是的，等待他们的将是不太令人愉快的惊讶，但凡他们是更和善一点儿的人，也不会面临这样的情况。我很高兴我还有五颗子弹没用上。它们足够把大脖子哥掰成小拇指哥。

这时，我想起来另一件事。

我伸进兜里把那把空膛左轮掏了出来，放在了我旁边的座位上。不能再犯同一个错误了。太丢脸了。要不是我及时重新控制住局面，朝微笑哥的腿来了一枪，差点儿就回火，适得其反地害到我自己了。

还好我走运。

妈的。如果是那样的话，微笑哥这会儿应该坐在我坐的位子上，手握在他自己车的方向盘上，带着他的三个朋友，嘲笑着我，后备箱里还装着死妓女的尸体，而我应该躺在那路边，像一道还没煮好的菜。完成这道菜，就还差一些洋葱、土豆、胡萝卜，再来一片香叶。

我可不想成为炖肉。

永远比黑夜更黑

这晚夜色浓黑，我开着车驶向圣安息墓地。实在太黑了，我不由得联想起了史密斯·史密斯大战魅影奇侠机器人。上回说到阿卜杜·福赛斯博士获得了水星水晶，可以激活他那一大堆不幸的魅影奇侠受害者，并准备将他们派往全世界各地，反正结局是这样的。

阿卜杜·福赛斯博士人造的黑夜，应该和我现在开往墓地的夜晚是相似的。

另一个念头扫过我的脑海，把我从巴比伦带了回来。也许行驶在通往墓地路上的黑夜，永远更黑一些。这确实值得想一想，没过多久我的头脑便又回到了巴比伦。

扑哧……

听筒里传来我那永恒的美丽助理娜娜迪拉特的声音。

“喂，洋娃娃，”我说，“怎么啦？”

“有人找你，亲爱的。”她说话的声音气喘吁吁。

“谁找我？”我说。

“是弗朗西斯博士，那位著名的人道主义者。”

“他想要干吗？”

“他不告诉我。他说只跟你讲。”

“好的，洋娃娃，”我说，“让他听电话。”

“你好，史密斯·史密斯先生，”弗朗西斯博士说，“我是弗朗西斯博士。”

“我知道你是谁，”我说，“你有什么事吗？时间就是金钱。”

“您什么意思？”

“我很忙的，”我说，“有话直说吧。我的时间很宝贵。”

“我想雇用您。”

“这才是我要听的，”我说，“我的佣金是每天一磅黄金,外加办事开销。”

“对于口碑如此好的一位私家侦探,这个价格听起来挺合理。”弗朗西斯博士说。

“你听说过我?”我故作谦虚地说。

“整个巴比伦谁没听过您的大名啊。”他说。

我当然是知道这件事的。我只是想听他这么告诉我。我有自大的毛病。

“那么我能为你做什么呢?”我说,电话线那端稍作停顿。“弗朗西斯博士?”我说。

“我在电话里讲的话是安全的吗?”他说,“我的意思是,不会有人正在监听吧?”

“别担心,”我说,“在巴比伦,如果有人窃听电话,一般也是我干的。说吧,你的麻烦是什么?”

我并不知道此时阿卜杜·福赛斯博士正在偷听我们的对话。只有我能窃听电话有点儿吹牛了,之后这件事让我付出了不小的代价。

“好吧,史密斯·史密斯先生。”弗朗西斯博士说。

“叫我史密斯就行,”我说,“大家都这么喊我。”

“史密斯，我有理由相信有人正试图窃取我最近创造的一样东西，并将它用于实现邪恶的目的。”

“你造出了什么？”我说。

“我造出了水星水晶。”弗朗西斯博士说。

“我马上过去。”我说。

这恰恰是我担心的：某天有人会来找我说造出了水星水晶。坦白地讲，我并不认为世界已经准备好迎接这件事了。毕竟，这是公元前596年，世界尚有很大空间待发育。

笑笑家名副其实的路易斯安娜烤肉

嘎吱吱吱吱吱吱吱吱吱吱吱!!!

我猛踩下刹车。

巴比伦差点儿害我错过了墓地。我靠边停下车,把车灯关掉。我并没有看到附近有其他车,就算还有人来,我也是先到的。更何况我都不确定脖子哥和那个"啤酒桶"能露面,不过我的直觉认定,他们会来的。这也是为什么我还是来了。现在我只需要静待后续。并不是每天都有机会赚到一万美金的。

突然我对某些事产生了好奇。

我伸进口袋拿出火柴。

借着火柴的亮光看方向盘上的登记标注:笑笑

家正宗路易斯安娜烤肉。

果不其然。

改天我得去拜访一下笑笑，尝尝他家烤肉的手艺。他见到我走进门时的表情，太值得一见了。

我吹熄火柴，在黑暗中静待了一阵子。

又开始想巴比伦去了，但我很小心地不去注意周围有多黑，才将这个念头成功地从我脑海中赶了出去。不然太容易又回到巴比伦了。

如果我去思考黑暗，就很快会想到魅影奇侠机器人，那样一点儿好处都没有。

我可不想又被巴比伦拖入困境。万幸我及时看到了墓地。要不然我可能已经在史密斯·史密斯大战魅影奇侠机器人第七章里前往洛杉矶的路上走完一半了。如此一来，我就再没机会从我的客户那里赚到一万块钱了。最终只落得个死妓女的尸体在我的冰箱里。

这种结局离成功的结案还差得挺远的。

我们一起走进墓地

我在那儿坐着，不知道坐了多久，从远处开来一辆车。这是这么半天我见到的唯一一辆车。那辆车开得很慢。那车看起来好像目的地是墓地似的开了过来。

离得太远了，很难看清是辆什么车。反正我是看不出来。我猜想也许它是一辆凯迪拉克豪华轿车。那辆车在离我两百码[①]远的马路上停下了。车前灯熄灭了，有人从车上下来了。他们有手电筒，但是我看不清楚是什么人。有可能是脖子哥和“酒桶”女搭档，或是一些普通平常的墓穴盗贼。

① 码，英美制长度单位，1码等于91.44厘米。

我什么都分辨不出来，除非我下车，为了此生最重大的事做个了断，成为一个能完美隐身的私家侦探模样，这是我该做的。我从车上下来了。

只缺少一样东西：手电筒。

然后我有了个想法。

我又回到车上，打开了驾驶舱的前排杂物箱。

宝藏啊！

一只手电筒。

这是天堂发来的暗示。

一切都迎刃而解。

我本应该跟脖子哥和我们这位膀胱无限大的女士，在一座纪念曾在美西战争中倒下的战士的纪念碑那里见面。纪念碑的位置在进入墓园差不多三百码的地方。离我父亲的坟墓并不远。

我去拜访他的坟墓的时候，曾经过那个墓碑好多次。

我当然希望自己并没有害死他。说不定等到这个案子一切都解决顺利之后，我还能花点儿时间去为他做些悼念。为什么我要把那个球扔到马路上去呢？真希望我压根儿没见过那个球！

一手握着手电筒，虽然并没有打开，但只要我需要，它随时准备射出一道光。上了膛的枪握在另一只手里，我溜进墓园，穿行在坟墓之间，朝美西战争纪念碑前进。

我十分小心地向前推进着。

出其不意在这种情况下是非常重要的元素，而我希望它带来的效果是站在我这一边的。我切入了一片小树丛，继续朝纪念碑前进。它就位于树丛的另一侧。穿过树丛的时候，我得十分小心。前方非常黑，我并不想摔倒搞出很大动静。当我钻进树林后，每迈出去一步，我都当作我的最后一步。

我已走过了树林的一半，行动得像个魅影，这时我听到在前方大约五十码的地方、从纪念碑方向传来的说话声。

我不太能听清他们在说些什么，但能听出来有三个人：两个男人和一个女人。距离太远了，很难听得出是谁。树林将他们的声音模糊掉了。

我又十分小心地向前走了十步，然后停了几

秒,集中精力试图听清他们在说些什么,或是谁在讲话,但是离他们依然太远了,听不清。

我有种莫名的感觉,这个案子很快就要了结了。有些什么不太对劲。我又开始往前走了一些。每一步都是永恒。真希望这是在巴比伦,和娜娜迪拉特手牵着手。

大吃一惊

我最终在树林里找到一个位置，可以看清纪念碑那里到底是什么情形，以下是我看到的：首先我看到的是林克警长站在那里，手里握着手电筒。

我躲在树林里，既不被他看到，又可以盯着他看。

全世界随便谁在那里，我也想不到会是他。我目瞪口呆。这他妈的是怎么回事？

接下来，我看见了脖子哥和他那“酒桶”女主人站在那里，被一副手铐铐在一起。脖子哥看起来非常不高兴。金发富婆看起来十分需要来点儿啤酒，按她的量，来点儿应该是一箱。

局势完全在林克的掌控之下。

他对他们讲话了。

“我只想知道，你们到底为什么谋杀那姑娘，还试图从停尸房把她的尸体偷走？你们杀她的时候，把她尸体带走不就得了？这没道理啊。我想不通。正是偷尸体害得你们被抓了。”

“我们没什么可说的。”脖子哥说。

“谁说我想听你说话了？”林克说，“我在和这位小姐讲话。她才是这台戏的幕后导演，所以把你嘴上的拉链给我拉上，不然我帮你缝上。”

脖子哥想要说点儿什么，然后改了主意。林克警长的气场确实有这个威力。

“那么，这位女士，如果你说实话，我能对你从轻处理。没人真的在意一个被害死的妓女。如果你说的是实话，最多也就判你几年。”

林克等待着。

她润了润嘴唇，总算开口了。

“听着，你个胖条子，”她说，“首先，这手铐铐得太紧了。其次，我要喝啤酒。第三，我很有钱，所以不需要你从轻处理。第四，你什么都证明不了。你掌握的所有，不过是一系列间接证据，对我的律师来说不费吹灰之力。到时候你站在法庭证人席上，被透彻地问话，警察局就会把你当成精神不正常的探员，让你退休。要不然就是派给你的下一个案子是打扫警察局的马厩。事情现在清晰些了吗？”

没人敢管林克警长叫胖条子。

他站在那儿，感到难以置信。

他赌了一把，结果赌输了。

“好好想想。”她说。然后带着一种相当老练的愤怒表情，低头看着手腕上的手铐。之后她望向警长的眼睛，目光再没移开。

我就那么站在那儿，像是站在电影院里，看着这一切发生在我眼前。票价无非是半夜开偷来的车去一趟墓地，那之前还要往一个黑鬼腿上开一枪，以及再去一趟我的公寓，把被谋杀妓女的尸体放进我的冰箱里。

仅此而已。

“我觉得你在虚张声势。”林克警长说。

“你不会真像你看起来一样傻吧，”金发富婆说，“知道堆了二十五年的马粪长什么样吗？”

警长确实得好好想想。林克是个非常聪明的警探，但他遇到对手了。他手上已经没有底牌了。

很遗憾，林克警长告诉他们他掌握的证据的时候，超出了我的听力范围。他讲的话应该多少能让我了解一些现在的状况。现在我一点儿都不知道是咋回事，完全被蒙在鼓里。

对于见到林克警长出现在那儿，我依然感到震惊。到底他妈的他是怎么知道我们会在这儿会面的？思路又被搅乱了。我原本的心理准备是会见到脖子哥和那有钱的姐们儿，绝想不到还有林克警长。

这时林克慢慢地摇了摇头，手伸进兜里拿出手铐的钥匙。他走过去，给脖子哥和金发女松了绑。警长看起来并不太高兴。

有钱女人揉了揉她的手腕，然后多少带点儿同情意味地望着警长。“你已经很努力了。”她说。

脖子哥发出低沉的咆哮。

这会儿局势转向到归她掌控了。

“闭嘴，克利夫兰先生。”她说。

脖子哥停止了低吠，从一头熊变成了一只羊。

“好吧，”林克警长说，“想赢我没那么容易。就算要输，我也得输得有点儿档次。”

这位社会名流朝这位法律公仆投来了微笑。

脖子哥为了讨好它的主人也露出微笑，但这是失败的尝试，看起来令人不适。他的微笑跟电影院公告牌上登出的恐怖片宣传画类似。

“喝点儿啤酒怎么样，警长？”她微笑着说，“来的路上有家酒馆。”她朝他伸出手。林克看着她的手迟疑了几秒，充满友善地握了握。

“行啊，”他说，“那走吧，我们去喝一杯。”

乖乖，这下他会大吃一惊的。

再见了，$ 10 000

他们离开这里，去喝啤酒之后，我在那儿又站了一会儿。同他们一起离开的，还有我致富的期望。再见了，$ 10 000。我家冰箱里的尸体现在一毛钱也不值了。

我从树林里走出来，来到致敬那些为了美西战争倒下的人的纪念碑跟前。感觉好像我也是他们中的一员。

哦，不过，我兜里依然有五百块钱。

我不能拥有所有预期想要的，比如一间像样的办公室和一位漂亮的秘书以及一辆不错的车，所以我得有所妥协。可以开一间小的办公室，拥有一位相貌平平的秘书和一辆 A 型轿车。

我站在纪念碑跟前，陷入沉思，想着发生的一切，直到思绪被突发的事情粗暴地打断了。四个黑人突然出现了，全都拿着小刀。

“嘿，炖肉。”他们当中瘸着腿、打头的微笑哥说道。他的腿上缠着一条领带，绷在弹孔穿过的位置上面一点。

他们的是从哪里冒出来的？

“我们认为我们应该来把车取走了，借你车你都没感谢我。”他说。这时，微笑哥脸上挂着巨大的微笑。他那微笑里藏着什么诡计。“还有，炖肉。我们要你口袋里的钱作为办事开销，别去碰那把你击中我的枪，不然我就把你剁得粉碎，炖肉。”

啊，糟糕。我已经无所谓了。对所有的这一切我有点儿受够了。我把手伸进我的口袋。

“小心点儿，”微笑哥依旧微笑着说，“如果你没开枪射我的腿，我多少还有点儿喜欢你，这会儿你可别辜负了我。”

我慢慢地把手伸进兜里，然后把钱掏出来。真是好大一卷：那是我的一些梦想。我把钱递给他。

“好的，炖肉。”微笑哥说。

他看着钱。

“五百块钱到手。”他说。

“那女孩的尸体怎么办？”我说，“还要吗？”

“不了，你留着吧，炖肉。”

“现在还要干吗？”我做好了要和四个黑人一番硬战的准备，说道。毕竟，我让他们的老大挨了一枪子儿，还偷了他的车。对于有些人来说，这些事儿足够非常生气了。

“就这样吧，炖肉。我挺喜欢你，”微笑哥说，“钱我们拿了，这是我们的报酬。子弹没伤到骨头，直接射穿过去了。我们不动你。既往不咎了。”

“你人不错，微笑哥，”我说，“你的烤肉烤得怎么样？”

“老棒了，”微笑哥笑了，“有空去我那儿。我给你整点儿烤肋排。我请客。”

就这样，他们都走了。

现在是半夜，这里很黑

我矗立在为了美西战争倒下的战士的纪念碑旁边，再次独自一人，眼睁睁看着我的小办公室、相貌平平的秘书和A型轿车消失在空气中。

谢天谢地，依然还有一间相当不错的、带下沉式大理石浴池的办公室，全世界最美丽的女人和一架金色马车在巴比伦等着我。

这是安慰奖励。

“儿子！”我听见在一些墓碑后面，有人朝我喊叫。“儿子！”我听出了那声音。那是我妈。她加快脚步朝我走来，上气不接下气。

“你怎么在这儿？”我声音麻木。

“你知道的，今天是我拜访被你害死的父亲、我的丈夫的日子。你是知道的。为什么会这么问?”

“现在是半夜,”我说,“这里很黑。”

“这我知道,”她说,“但死人会知道这些吗?他们不知道。我只是待得比平常久了一点儿。可是你为什么在这里?你很久都不来为你爸扫墓了。”

“说来话长。”

“你还在当什么私家侦探吗,追踪带邪恶阴影的人?什么时候能把你欠我的钱还上?你这王八犊子!”

有时候,母亲喜欢叫我王八犊子。

我也习惯了。

“既然你现在来了,去跟被你害死的那个男人说说话。请求他的原谅。”说着,她同我一起朝父亲的墓地踱去。

我站在他的墓碑跟前,多希望四岁的我,在那个1918年的星期天下午,和他玩耍时,没有把一个红色橡皮球扔到街上去,然后他也没有追出去,也没有迎面被车直接撞进进气格栅里。殡葬员不得不把他从那上面剥离下来。

“我亏欠了你，爸爸。”我说。

“你应该感到亏欠他，”我母亲说，“多么淘气的孩子。你爸爸大概现在已经是一堆骨头了。”

一切好运

我和我妈一起从墓园离开，走到对面她停车的地方。

一起走的这段路，我们什么都没说。

这样挺好。

我有时间去想巴比伦了。《史密斯·史密斯大战魅影奇侠机器人》书接上回，就在我结束了和好人弗朗西斯博士的谈话之后，我一个激情的吻亲在了我的秘书嘴上。

“这是为了什么？”她气息不稳地说。

“为了一切好运。”我说。

“古老传统的护身符不管用了？”她说。

我用深情的眼神长久地望着她那湿润可口的

嘴唇。

“你开玩笑的?”我说。

“大概不是,”她说,“如果这比护身符更灵验,那我要更多的吻。”

“抱歉,宝贝儿,”我说,“可我还有要事处理。有人已经发明了水星水晶。”

“哦,不。”说着,她脸上的表情变得凝重。

我将我的肩背剑鞘收到宽外袍下面。

“小心点儿,儿子!”就在我差点儿直接迈进一个刚挖好的墓坑时,我妈说。她的声音,就像是没打奴佛卡因①直接从我嘴里拔牙一样,将我从巴比伦拉了回来。

我闪过了那个墓坑。

“小心点儿,”她说,“不然我就得来这里给你们俩扫墓了。那样的话,星期五对我来说就太忙碌了。”

“好的,妈,我会小心脚底下的。”

---

① 奴佛卡因(Novocaine),一种麻醉药。

现如今兜兜转转又回到了原点，我也确实得注意点儿。当然和原点唯一的区别是，等我再次在清晨醒来，原先可没有一具尸体装在我的冰箱里。

完

图书在版编目(CIP)数据

梦回巴比伦：一部1942年的私家侦探小说 / (美)理查德·布劳提根著；周苑译. -- 北京：北京联合出版公司，2025. 4. -- ISBN 978-7-5596-7707-5

Ⅰ. I712.45

中国国家版本馆CIP数据核字第202437BG79号

北京市版权局著作权合同登记 图字:01-2024-4970

梦回巴比伦:一部1942年的私家侦探小说

作　　者:[美] 理查德·布劳提根

译　　者:周　苑

出 品 人:赵红仕

出版统筹:杨全强　杨芳州

责任编辑:夏应鹏

策划编辑:玛　婴

装帧设计:汐和 at compus studio

北京联合出版公司出版

(北京市西城区德外大街83号楼9层　100088)

北京联合天畅文化传播公司发行

北京启航东方印刷有限公司印刷　新华书店经销

字数150千字　889毫米×1194毫米　1/32　9.25印张　插页2

2025年4月第1版　2025年4月第1次印刷

ISBN 978-7-5596-7707-5

定价:56.00元